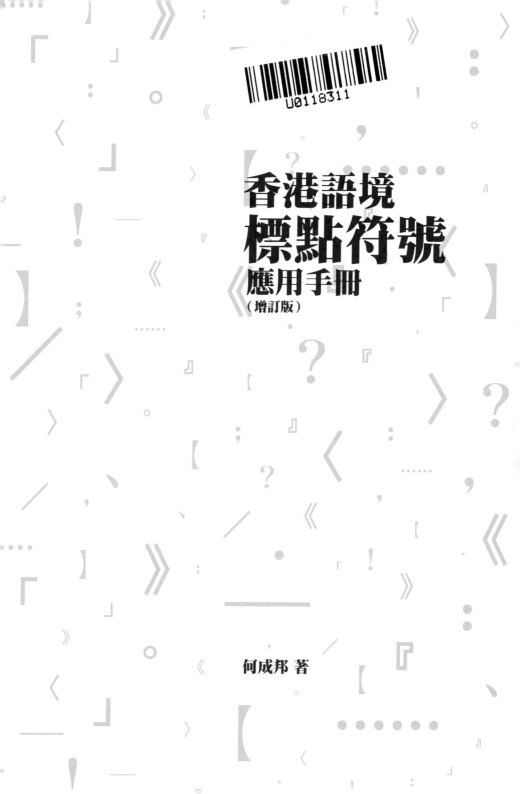

U0118311

香港語境
標點符號
應用手冊
（增訂版）

何成邦 著

目錄

第一章
點號

第二章
標號

增訂版代序

　　這本談標點符號用法的小書，能出增訂版，是我意料之外。在此，感謝熱心推廣文教的花千樹出版有限公司，更要衷心多謝讀者支持。本版在初版基礎上增補修訂，提出更多用例和較詳細的討論，供讀者參考。

　　本書初版出版後，有一天出版社轉來一位讀者的提問，我作了扼要回應。那是一位關心女兒語文學習成績的家長，就拙著第二章專名號（見初版頁 167，本版頁 245）例句 3 中"明朝"、"清朝"的"朝"字未有加上專名號提出疑問。

　　這位家長說女兒學校的常識科課本把"明朝"、"清朝"整個詞語標上專名號。女兒某次測驗沒在"明朝"的"朝"字下劃上專名號，被老師扣分。這位家長希望我解釋專名號的用法。以下摘錄我的回信內容，並就此寫一點補充說明：

某先生：

　　謝謝您就專名號用法提出疑問。您關心女兒的學習情況，令人敬佩。您是第一位對拙作提出意見的讀者，謹此衷心致謝。現就專名號"延伸範圍"的疑問，敬覆如下：

　　關於專名號的"延伸範圍"，目前仍是意見分歧，未有定論。這涉及"專名（專有名詞）"和"公名（普通名詞）"連在一起時（如"陳經理"，"陳"是"專名"，"經理"是"公名"；"英國"，

"英"是"專名","國"是"公名"),"專名"下的底線(即專名號)應否劃到"公名"之下的問題。這個問題,有"灰色地帶",是"專名號"用法的爭議點之一。先生讀書仔細,指出拙著討論未夠深入之處,我深感佩服。拙著頁169-170曾略談此問題,現試作較深入探討,以就教於先生。我就以"明朝"一詞為例吧。

"明朝"一詞,"明"是"專名","朝代"的"朝"是"公名"。理論上,"專名號"只用於"專名","公名"之下不應加上"專名號"。因此,像"<u>明</u>朝"這樣的書寫形式,是有道理的。實際上,當一個"公名"跟其前面或後面的"專名"已緊密結合到不可分割的地步時,這個"公名"也就漸漸成為"專名"的一部分,取得了"專名"的身分。所以,"<u>明朝</u>"這種書寫形式,也有不少人採用。不過,"緊密結合"的準則,見仁見智,分歧也就由此而生。在"理論"和"實際"之間的,不是一條明確界線,而是一個"灰色地帶"。

以下引錄幾則手頭的材料,給您參考:

1 蘇培實《標點符號用法講話》(北京:原子能出版社,1990,頁201。)
   使用專名號最感到困難的是"專名"和"公名"連在一起的時候,專名號劃到哪裏為止?比如:中國、日本國,北京郊區的通縣、大興縣,表示朝代的西周、東周、前漢、西漢、唐朝、南唐、南北朝、清代、大清……等等,專名號到底劃到哪裏,《用法》(按:指《中華人民共和國國家標準·標點符號用法》)沒有規定,使用起來就感到困難,也難取得一致。我們認為，可以按"專名"和"公名"結合鬆緊作為標準，結合得緊，不能分開的，專名就劃到"公名"上，比如：中國、通縣、南北朝……等等，都應該劃上專名號；而那些結合得不很緊的"公名"就不必加專名號，比如：日本國、大興縣、唐朝、大清……等等。（按：依蘇氏的意見，"唐朝"的"朝"，不必加專名號。）

2　袁暉《標點符號詞典》（太原：山西人民出版社，1994，頁18。）

【專名號的用法】……4. 標示朝代、年號名。例如：王力《漢語詩律學》：唐朝初年（所謂"初唐"）

（按：只在"唐"字下標專名號，"朝"字下不標，"初"字下也不標。）

3　林穗芳《標點符號學習與應用》（北京：人民出版社，2000，頁390。）

例（6）唐代……別有弘文、崇文兩館，專為皇親國戚大官僚子弟而設。

（按：此例"唐代"一詞，也只在"唐"字下標上專名號，而"朝代"的"代"字，是"公名"，沒有標上專名號。）

也有一些標點符號專書贊成把"唐朝"的"朝"列為專名一部分，以唐朝這書寫形式為標準。但我相信以上三例已足夠說明您提出的疑問，這裏就不再引錄了。

我認為，令千金在"明朝"的"朝"字下面不加專名，並沒有

"錯"（這其實並不是"對"與"錯"的問題，而是我們怎樣去理解一個"概念"的問題）。不過，上述"專名"、"公名"、"緊密結合"等"概念"，恐怕小學生是不容易理解的。

　　謹祝
生活愉快

何成邦敬覆

　　家長的提問："兩個用法，究竟哪一個才對？"也是不少讀者慣於發問的模式。這種"二擇一"的模式，問得簡單，但答案可以很複雜。因此，我想藉這次出增訂版的機會，再次向讀者強調：標點符號用法往往沒有絕對的標準；標點運用有時不是對錯的判斷，而是不同表意效果的選擇。中小學教師批改作業、測驗卷和考卷時，或須以明確標準"核對"學生答案和"量度"學習成效。教師有時或"不得已"必須"選定"一個教學標準，以便評分。這就容易出現一定要"明朝"，不可以"明朝"的情況。本書探討的是恰當選擇和實際運用的問題，以達到合理應用為宗旨，不以確立測驗或考核標準為目的。這點還望讀者亮察。

　　本書得以順利出版，端賴花千樹出版有限公司總編輯葉海旋先生和助理編輯黃秋婷小姐鼎力支持、協助，謹此衷心致謝！筆者見識淺陋，還望讀者不吝賜正。

何成邦
二〇一八年八月二十日

初版自序

標點符號是活在書面上的一套語文表達的輔助工具。在日常口語裏，標點是一群隱者——大部分藏身在話語音節之間，並沒有真正的失蹤。在資訊高速發展，講求傳意效率的時代，標點符號理應而實際上也扮演着日益重要的角色；可是，今天仍有人認為標點只是無關宏旨的末節，對它們掉以輕心，這不能不說是一種失誤。

提到標點符號，讀者可能會想起一些有關標點的笑話和遊戲文字。這裏不打算摘錄這類例子來引起動機，只希望提出下面兩點，以說明標點符號的價值。常聽人說，每天擁有的東西，我們往往不察覺其重要，更不懂得珍惜；一旦失去，才驚覺其可貴。以下是一個小小的實驗，請看這段文字：

至於處理廢物方面目前本港工商廢物的回收率有五成家居廢物的回收率則只有一成大有提高的餘地推動這方面的發展需要加強教育加深公眾的認識我們會儘快制定政策推廣廢物回收並藉此鼓勵回收行業發展創造新的就業機會廢物的回收再造以及把不能回收的部分焚化或堆填都涉及成本效益土地需求和對環境的影響我們要全面衡量以上因素才訂出總體策略二〇〇〇年行政長官施政報告

這是行政長官《施政報告》中的一段文字，對象是廣大市民。原文當然是有標點的（見附錄三），這裏把標點全刪掉，相信讀者要多花一點時間，多費一點兒勁才能把它讀通。看到這樣的"純文字"之後，我們大概才會感到標點符號的好處。標點符號其實是日常書面表達的一套重要的輔助工具，此其一。

說標點符號是書面表達的一套重要的輔助工具，這基本上沒有問題，但實際情況並不止此。好些時候，標點符號更起着表情達意的決定性作用。書面文字不會發聲，沒有表情，更無法打手勢，標點符號就大大補足了這些短缺。以下是另一個小小的實驗，下面七例，是純文字"我是你的朋友"的不同標點形式，各表達不同的聲、情、意：

1 我是你的朋友。
2 我是你的朋友？
3 我是你的朋友！
4 我是你的"朋友"。
5 "我是你的，朋友。"
6 我——是你的朋友。
7 我……是……你的朋……友……

讀者不妨對着鏡子朗讀以上七例，看看自己的表情怎樣隨着不同的節奏和語氣而變化。如有興趣，還可以用不同的標點造出更多的句子。這個實驗說明：標點符號有時候在書面表達中具有主導的地位，是傳意的關鍵，其價值不下於文字，此其二。

我國古代書籍裏的文字是沒有標點的，就像上面那段“純文字”的《施政報告》一樣，但這並不表示古人說話時沒有表情、語氣和節奏。古代的讀者，會在一個一個緊挨密接的字詞本身和字詞之間“解讀”古代漢語的各種節奏、語氣和層次。這種“解讀”的過程，有時全在心中進行，不着痕跡；有時則會通過一些加在文句上的標識符號反映出來。在心中進行的最基本“解讀”過程，就是對文辭內容和“句讀”的領會；把這種領會用符號標識在文句上就成了“圈點”。

“句讀”的“句”，指句意完結的地方；“讀”則指句意未盡而須略作停頓之處。至於“圈點”，一方面指“句讀”的書寫形式，在“句”末加“圈”，在“讀”末加“點”；一方面又指加在精彩的或值得注意的文句旁邊的標識符號，標示“可圈可點”的內容。古人這種“句讀”意識和“圈點”手法，就是現代中文標點符號的濫觴。

“圈點”一類的標識符號，多是古代讀者在閱讀過程中自己加到文字上去的。要加得準確，並不容易。所以，標識“句讀”就成了傳統教育中培養、提高及考查學生讀解能力和文化知識的常用方法。不過，時代不同了，今天絕大部分人都不必閱讀全無標點的“純文字”；標點符號也由古時的“圈點”不斷演化、發展，並汲取西方標點系統的精華，逐漸取得在書面語言中的獨特地位。好些古代的典籍，也陸續出現了現代標點本。在現代漢語書面語裏，標點符號已成為不可或缺的組成部分。中國社會科學院語言研究所編的《現代漢語詞典》（繁體字版）對"標點符號"這個條目的解釋是：

【標點符號】用來表示停頓、語氣以及詞語性質和作用的書寫符號，包括句號（。）、問號（？）、嘆號（！）、逗號（，）、頓號（、）、分號（；）、冒號（：）、引號（" "、' '）、括號（［ ］、（ ）、〔 〕、【 】）、破折號（——）、省略號（……）、着重號（．）、連接號（—）、間隔號（·）、書名號（《 》、〈 〉）、專名號（＿＿）等。

　　　　　　　——《現代漢語詞典》（繁體字版），頁 74。

　　本書即以這十六種標點符號為重心，列舉其功能並探討各種應用情況，務求滿足日常寫作的需要。（有關本書的編寫體例及內容結構，請參考《凡例》。）這裏要特別強調一個概念：標點符號的運用，許多時沒有斬釘截鐵的對錯標準，而有不同程度的彈性。換言之，標點的運用，往往並非對錯的問題，而是選擇的問題。這不是說運用標點完全沒有對錯準則，也不是說運用標點可以隨機任意，而是說好些時候可以包容不同的正確選擇。至於哪一個選擇較好，作者和讀者都可以自己決定，看法也不必一致。這個概念，在本書各章節的"應用須知"裏，會有具體的反映。

現時在香港見到的標點符號專著，以內地出版的簡化字本為主。這類書籍的引例和行文風格，都根植於內地的生活，對本地讀者來說，或會造成閱讀和理解的困難。為了讓本地讀者更易於閱讀、思考和驗證，以期更有效地掌握標點符號的用法，本書的行文和所舉的例子，都會恰當配合香港地區的實際語言環境：這就是書名中"香港語境"的意思。要強調的是：本書雖立足於香港，但所討論的標點符號用法是沒有地域限制的。

　　香港人的生活節奏極快，某些專業人士和機構在推究語文表達的準確性之餘，似已無暇兼顧"無關痛癢"的標點。不重視標點，未必會招致嚴重損失，但對個人或機構的形象卻終會帶來不良的影響；重視標點，在今天的資訊社會裏，應該是每個負責任的文字使用者的守則，因為這是提高語文傳意效率的重要手段。編者識見不足，書中錯漏在所難免，敬請讀者指正。

何成邦

二〇〇一年十一月三十日

序於香港浸會大學語文中心

凡例

一、本書分正文及附錄一、二、三兩部分。正文探討十六個常用標點符號的功能和應用問題，附錄一以簡表扼要介紹另外十一種標號。正文十六個標點符號按照下表次序逐一討論：

分類	名稱		書寫形式
點號	句末點號	1 句號	。
		2 問號	？
		3 嘆號	！
	句內點號	4 頓號	、
		5 逗號	，
		6 分號	；
		7 冒號	：
標號	1 引號		
	1.1 雙引號		" "（『 』港式）
	1.2 單引號		' '（「 」港式）
	2 括號		（ ）、［ ］、〔 〕、【 】。
	3 破折號		——
	4 省略號		……、……………。
	5 書名號		
	5.1 雙書名號		《 》
	5.2 單書名號		〈 〉
	6 專名號		___
	7 連接號		一、-、～、——。
	8 間隔號		·
	9 着重號		.

二、正文內容分"定義"、"書寫規格"、"功能"和"應用須知"四部分。

三、"定義"引錄自《中華人民共和國國家標準·標點符號用法》（2012年新版）。

四、"書寫規格"以《中華人民共和國國家標準·標點符號用法》（1996年舊版和2012年新版）所推薦的標準為依據，列出該標點的書寫及印刷規範，指明形式、佔用空間和位置，供讀者參考。

五、在每一"功能"項目之下，先列舉若干例句，再作"補充說明"。

六、"應用須知"是專題討論，分析運用該標點的難點，嘗試解答實際運用時通常會遇到的問題。

七、在"功能"和"應用須知"的恰當位置，均設有"互參"，列出書中前後章節的相關內容和頁碼，讓讀者對照比較，加強應用能力。

八、本書討論橫排文字標點運用為主，豎排標點運用跟橫排的大同小異。豎排文字的標點規格，見附錄二。

九、例句側重選取香港語境日常用例，務求適切本地讀者的實際情況和需要。

第一章
點號

點號是表示句子中和句子之間不同性質停頓的符號，有些點號還兼有表達語氣的功能。點號分為兩大類：一、"句內點號"；二、"句末點號"。句內點號表示句子內部的停頓，共有四個，按停頓時間由短至長排列，依次是"頓號"（、）、"逗號"（，）、"分號"（；）和"冒號"（：）。句末點號共有三個，停頓時間相等，也是停頓最長的點號。句末點號除表示句子完結的停頓外，還表達不同的語氣。它們分別是：一、"句號"（。），表達陳述語氣；二、"問號"（？），表達疑問語氣；三、"嘆號"（！），表達感嘆語氣。點號停頓時間的遞進關係如下圖所示：

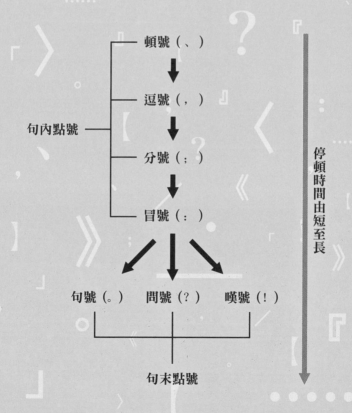

第一節
句末點號

　　句末點號是用在句子結尾處的點號，以最長的停頓時間表示句意完結。句末點號共有三個：句號、問號和嘆號。

（一）句號

定義

句末點號的一種，主要表示句子的陳述語氣。[1]

書寫規格

形　　式：基本式"。"，科技文獻專用式"．"。

佔用空間：一個漢字方塊。

位　　置：居左偏下，[2] 不出現在一行之首。

功能

1　用在陳述句句末，表示句子完結的停頓。

（1）　他們是大學生。

（2）　這個發展計劃不可行。

1　定義引錄自新版（2012年）《中華人民共和國國家標準・標點符號用法》，下同。

2　把點號放在漢字方塊左下方，是內地標點符號用法的"國家標準"。按照這個標準，不單句號要放在漢字方塊左下方，頓號、逗號、分號、問號、嘆號都是這樣。不過，這並不是"一定"要如此的。港、台地區習慣把中文點號放在漢字方塊的正中，這也是常見的。本書介紹的標點符號書寫規格，參照新舊兩版《中華人民共和國國家標準・標點符號用法》，特此說明。

（３）　展覽館裏陳列着最近出土的珍貴文物。

（４）　我愛晴天，我更愛陰天。

（５）　他夫婦倆遇到重重挫折，但仍然對生命充滿信心。

（６）　颱風帶來連場豪雨，天文台發出了紅色暴雨警告信號。

補充說明

- 句號是表示句意完結的點號，停頓時間最長。例（４）至例（６）的句號，停頓時間都比句內逗號要長。

- "陳述句"指敍述、說明事情而語調平和的句子。所謂"敍述、說明事情"是概括說法，"事情"可包括事、物、人各方面。上面六句，都是陳述句。

- 例（１）至例（３）是結構簡單、單一的句子，稱為"單句"；例（４）至例（６）是結構較複雜的句子，由兩個單句組合而成，稱為"複句"。

- 兩個單句組成一個複句後，本身就不再稱為單句，而改稱"分句"。具備"單句"、"分句"、"複句"的基本概念，有助掌握"逗號"、"分號"和"句號"的用法。以下表列例（４）至例（６）的組合過程：

例句	單句 1（組合後叫分句）	單句 2（組合後叫分句）	組合過程	複句（由兩個或兩個以上分句組成的句子）
（4）	我愛晴天。	我愛陰天。	①把單句 1 的句號改為逗號。②加上"更"字表示兩句的關係（遞進關係）。	我愛晴天，我更愛陰天。
（5）	他夫婦倆遇到重重挫折。	他夫婦倆對生命充滿信心。	①把單句 1 的句號改為逗號。②省去單句 2 的"他夫婦倆"。③加上"但"、"仍然"兩詞，以顯示兩句的關係（轉折關係）。	他夫婦倆遇到重重挫折，但仍然對生命充滿信心。
（6）	颱風帶來連場豪雨。	天文台發出了紅色暴雨警告信號。	①把單句 1 的句號改為逗號。②直接連起兩句。（因果關係）	颱風帶來連場豪雨，天文台發出了紅色暴雨警告信號。

- 無論是單句還是複句，只要是陳述句，句末都加句號。

互參

- 後文： 一、 陳述句可變為疑問句，見頁 34 問號功能第 1 項第二組例（9）和例（10）及說明；

二、 包含疑問成分的陳述句，見頁39-41問號應
用須知第 1 項；

三、 選用分號和句號，見頁 117-118 分號應用
須知第 2 項。

2 用在獨詞句和語氣平和的省略句句末，表示句子完結的停
頓。

（7） 大會堂。

（8） 傍晚。尖東海旁。

（9） "不。"她一口拒絕了我的請求。

（比較："我不同意。"）

（10）媽媽問我："你今早去了哪裏？"

"大會堂。"我說。

（比較："我今早去了大會堂。"）

（11）"一起唱。"老師邊彈鋼琴邊對我們說。

（比較："同學們一起唱。"）

補充說明

・"獨詞句"指由一個詞或一個詞組構成的句子。"省略句"
指在特定語境中省去某些句子成分而仍能明確表達意思
的句子。

・獨詞句常用在記敘文的開端和劇本的場景說明部分，如
例（7）和例（8）。例（7）是一個獨詞句，例（8）是
兩個獨詞句。

・例（9）的"不。"，例（10）的"大會堂。"和例（11）
的"一起唱。"是省略句（比較括號內的句子），也可看

成是廣義的獨詞句。例（9）的"不"和例（10）的"大會堂"是一個詞，例（11）的"一起唱"則是一個詞組。

互參

- 後文： 一、 問號用在省略句句末，見頁37-38問號功能第 2 項；

　　　　 二、 嘆號用在獨詞句和省略句句末，見頁 52-53 嘆號功能第 5 項。

3　用在語氣平和的祈使句句末，表示句子完結的停頓。

（12）請勿坐在車廂地上。

（13）大明，不要東張西望。

（14）求你救救我吧。

（15）你先坐下等一會兒。

（16）把書拿過來。

補充說明

- 　"祈使句"指"提出要求或命令"的句子。祈使句可以有不同的語氣，只有語氣平和的用句號作結。
- 例（12）和例（13）要求或命令對方不要做某事，例（14）至例（16）要求或命令對方做某事。

互參

- 後文： 嘆號用在表達強烈情緒的祈使句句末，見頁 50-51嘆號功能第 2 項。

4　用在語氣平和的疑問句句末，表示句子完結的停頓。

（17）山雞怎配得上鳳凰呢。

（18）別誇獎我了，我有甚麼本事呢。

（19）未來的事誰能預知。

（20）世上哪有不勞而獲的事。

（21）你究竟在說甚麼。

補充說明

- "疑問句"是提出問題的句子，包含疑問語氣，句末一般應加上問號。

- 在作者有意安排下或在恰當的上下文裏，某些疑問句的語氣可以變得平和，句末就可以加上句號。

- 例（17）和例（18）即使以疑問語氣助詞"呢"作結，在特定的語境裏，仍可以在句末加上句號。

- 例（17）至例（20）本是無疑而問的反問句，例（21）本是要求特定答案的特指問句。

互參

- 後文：　一、　問號用在疑問句句末，見頁33-37問號功能第1項，特別注意第五組例句；

　　　　　二、　問號可不用在語氣平和的反問句句末，見頁41-42問號應用須知第2項。

5　用在語氣平和的感歎句句末，表示句子完結的停頓。

（22）你這個人真可愛啊。

（23）這裏好熱鬧啊。

（24）想不到他竟把我的名字忘得一乾二淨。

（25）他簡直是個天才。

（26）維多利亞港的夜色多迷人。

補充說明

- "感嘆句"是表達強烈感情的句子，包含感嘆語氣，句末一般應加上嘆號。
- 在作者有意安排下或在恰當的上下文裏，感嘆句的語氣也可以變得平和，句末就可以加上句號。
- 例（22）和例（23）即使以感嘆語氣助詞"啊"作結，在特定的語境裏，仍可以在句末加上句號。

互參

- 後文：　嘆號用在感嘆句句末，見頁 48-50 嘆號功能第 1 項第一及第二組例句。

■ 應用須知

1　注意句號的書寫規格

　　句號的基本書寫形式是一個小圓圈"。"，跟英文的句號full stop "." 不同。雖然中文的句號也可寫作小圓點"．"，但這種寫法只適用於科技文字，為的是避免跟數字 0 和百分率 % 混淆。一般中文書面表達不必也不應使用這個小圓點句號，這是首先要強調的一點。香港社會事事講求效率，小圓圈句號在書寫時，可能不夠小圓點方便。有人乾脆以小圓點為句號的常式，跟英文句號看齊。例如：

They are university students. 他們是大學生．

現代書面中文多是"打"（輸進電腦再列印）出來而不是
"寫"出來的。有些人輸入中文時找不到句號，就乾脆以英文
full stop 代替。這樣做雖然不會影響表意，但態度不夠嚴謹。中
文的句號，在日常生活範圍內，應是個小圓圈"。"，不是小圓
點"．"。

2　句號用於文末署名和日期與地點之後

書信、通告、序跋等應用文類的末尾，都會加上發文者的
署名和撰寫日期，有時更會注明寫作地點。在署名和日期與地
點之後，可以加上句號，也可以不加句號，目前並沒有明確規
定。請看以下兩組例子：

（1）a. ⋯⋯⋯⋯

李大明。二〇一八年一月十一日。

　　　b. ⋯⋯⋯⋯

李大明

二〇一八年一月十一日

（2）a. ⋯⋯⋯⋯

李大明序於九龍半日居。

二〇一八年一月十一日。

　　　b. ⋯⋯⋯⋯

李大明序於九龍半日居

二〇一八年一月十一日

上面兩組例子的例 a 都加上句號，這是較傳統的做法；現在的趨勢是一律刪去句號，並按個別情況將署名、地點和日期分行排列，見例 b。無論用不用句號，都必須注意前後一致，避免以下情況：

（3）a. ‥‥‥‥‥‥

　　　　　　　　　　李大明。二〇一八年一月十一日 ✗

　　　 b. ‥‥‥‥‥‥

　　　　　　　　　　李大明序於九龍半日居。
　　　　　　　　　　二〇一八年一月十一日 ✗

3　提高運用句號的意識

　　句意完整表達後，書面上就應該用句號。有些人行文但求便捷，沒有為自己和讀者理清句子的層次。一大段話直往下寫，只等到最後一字，才本能地劃上句號：這其實大有問題。請看以下一段文字：

　　　　購物城的室內設計新穎，靈感來自海洋及小說《金銀島》，顧客一邊享受購物樂趣，一邊恍如置身豪華客輪，遨遊於浩瀚汪洋之中，全港首創的立體科技藝術和奇幻影音表演，必定令顧客耳目一新，樂而忘返，免費穿梭巴士服務，為顧客光臨這個創意無限的新天地遊玩享樂，提供極大的方便。

這個百多字的段落只在結尾用了一個句號，中間卻共用了十個逗號。作者想告訴讀者大量信息，行文節奏較快，但只是不停地說（寫），沒有注意層次。這種"一逗到底"的毛病十分典型。雖然行文層次主要由文字表達，但點號也應發揮跟文意配合的輔助作用。否則只會打亂句子之間的關係，令讀者看得不暢順，有時更會影響文意。其實只要稍為細心，找出句意完結的停頓位置，就不難發現這段文字由四個句子組成：第二個逗號應改為句號，這句是說"購物城"的；第五個逗號應改為句號，這句是說"顧客"的；第八個逗號也應改為句號，這句是說"藝術和表演"的；餘下一句則是說"穿梭巴士"的。

以下再引錄一則香港某公園的"警告"實例作比較。此例撰寫者能有意識地運用句號斷句，把告示內容的四個重點層次分明地表述出來，有助提高傳意效率。

警　告

由於現時是蛇經常出現的季節，公園職員已加強巡邏。為你的安全着想，請勿跨越園內花圃或草叢，免生危險。如發現蛇蹤，請保持鎮定，並立即通知公園職員，切勿嘗試捕捉。多謝合作。

第一層：由於現時是蛇經常出現的季節，公園職員已加強巡邏。（第一句）

第二層：為你的安全着想，請勿跨越園內花圃或草叢，免生危險。（第二句）

第三層：如發現蛇蹤，請保持鎮定，並立即通知公園職
　　　　員，切勿嘗試捕捉。（第三句）
第四層：多謝合作。（第四句）

4　句號用於轉折連詞之前

　　轉折連詞如"但是"、"可是"、"然而"單獨運用時，前面
有時可用句號，也可用逗號或分號，表達不同語意和語氣。請
看以下三組例句：

（1）a. 自我批評很難，可是我不怕難，也不怕赤裸裸地面
　　　　對自己的缺點和錯誤。
　　　b. 自我批評很難；可是我不怕難，也不怕赤裸裸地面
　　　　對自己的缺點和錯誤。
　　　c. 自我批評很難。可是我不怕難，也不怕赤裸裸地面
　　　　對自己的缺點和錯誤。

（2）a. 自我批評要人挑戰自己，其實很難，可是我不怕
　　　　難，我最喜歡挑戰自己。
　　　b. 自我批評要人挑戰自己，其實很難；可是我不怕
　　　　難，我最喜歡挑戰自己。
　　　c. 自我批評要人挑戰自己，其實很難。可是我不怕
　　　　難，我最喜歡挑戰自己。

（3）a. 自我批評須赤裸裸地面對自己的缺點和錯誤，這實
　　　　在很難，可是我不怕難。

b. 自我批評須赤裸裸地面對自己的缺點和錯誤，這實
在很難；可是我不怕難。

c. 自我批評須赤裸裸地面對自己的缺點和錯誤，這實
在很難。可是我不怕難。

　　第（1）組例句"可是"前的句子成分較短，"可是"後的
句子成分較長；第（3）組例句則相反，"可是"前的句子成分
較長，"可是"後的句子成分較短；第（2）組例句"可是"前
後的句子成分長短相約。讀者可以憑感覺和想強調的意思去判
斷、選用"可是"前的點號。選用逗號，停頓時間最短，語氣
最連貫，但句意轉折感最弱；選用句號，停頓時間最長，語氣
暫時中斷，句意轉折感最強；選用分號，停頓時間在前兩者之
間，語氣連而未斷，句意轉折感也在前兩者之間。不同停頓時
間和語氣連貫性產生不同表意效果。三者都強調"不怕難"，在
"可是"前用句號，把前後兩部分變成兩個獨立的句子，通過時
間停頓和語氣暫時中斷，最能強調說話人"不怕難"的意思；
在"可是"前用分號，強調效果次之；在"可是"前用逗號，
強調效果再次之。

　　如果"但是"、"可是"、"然而"這類轉折連詞是以關聯詞
語形式，即"雖然……但是"、"雖然……可是"、"儘管……然
而"等用於句中，則前面不能用句號，只能用逗號或分號，如：

（4）a. 雖然自我批評很難，可是我不怕難，也不怕赤裸裸
地面對自己的缺點和錯誤。✓

b. 雖然自我批評很難；可是我不怕難，也不怕赤裸裸
　地面對自己的缺點和錯誤。✓

c. 雖然自我批評很難。可是我不怕難，也不怕赤裸裸
　地面對自己的缺點和錯誤。✗

5　句號不加於標示式短語之後

標示式短語泛指海報標語、廣告口號、報紙標題、圖表說明、活動程序說明、車廂和場地規則告示（如"嚴禁吸煙"）等簡短語句。請看以下例子：

（1）週年頒獎典禮程序

9:00am － 9:15am	會員報到及嘉賓進場
9:15am － 10:00am	茶敘及拍照
10:00am － 10:15am	會長致歡迎辭
10:15am － 11:45am	頒獎及得獎者經驗分享

以上程序中四項活動的說明語句後都不加句號（也不加逗號或分號），這是慣常做法。如果部分說明語句中用上點號（頓號、逗號），則宜在全部語句末都加上句號，以示一致：

週年頒獎典禮程序

9:00am － 9:15am	會員報到，嘉賓進場。
9:15am － 10:00am	茶敘、拍照。
10:00am － 10:15am	會長致歡迎辭。
10:15am － 11:45am	頒獎及得獎者經驗分享。

（2）環境保護署海報

香港環境保護署為禁止非法傾倒工業及建築廢料，印製了海報。海報右上方是宣傳口號：

> **非法傾倒**
> **有人睇到**

"非法傾倒" 和 "有人睇到" 是兩個分行排列的四字短語。"非法傾倒" 後沒有逗號，"有人睇到" 後沒有句號。短語之間不加點號，句末不加句號是這類標示式短語的慣常形式。值得注意的是，海報右下方另以長句說明違例罰則，以字形變化配合點號加強表達：

> 一經定罪，最高 **罰款二十萬**
> 及 **監禁六個月**。

前後兩者可作對照說明。標示式短語後一般不加句號，但並非一成不變。上面例（1）已作說明，以下再舉一實例：

（3）網球場使用規則

康樂及文化事務署某露天網球場入口有以下使用須知告示：

> ・只供租場人士使用，每個球場只限四人使用。
> ・小心保管財物。
> ・嚴禁吸煙。
> ・場地使用者須穿着適當運動服及不脫色運動鞋。

這個實例第一條須知中用了逗號，句末就加上句號。其餘三條規則無論長短或中間有沒有點號，都加上句號，以示一致。如果不以句號作結，可儘量使用短句並適當調整，如：

> ・ 只供租場人士使用
> ・ 每個球場只限四人使用
> ・ 小心保管財物
> ・ 嚴禁吸煙
> ・ 使用者須穿着適當運動服
> ・ 使用者須穿着不脫色運動鞋

須強調的是：句中如已運用點號（頓號、逗號），句末則須相應加上句號，不宜把句號刪除。即：

只供租場人士使用，每個球場只限四人使用。✓
只供租場人士使用，每個球場只限四人使用 ✗

6 避免濫用句號

句號是句末點號，只用在句末，表示句意完結。換言之，在句中任何自然停頓位置都不可以用句號，因為句意尚未完結。請看以下兩組例子：

（1）a. 無論你的問題有多大多複雜，令你多困擾。都一定有解決方法。✗

　　　b. 無論你的問題有多大多複雜，令你多困擾，都一定有解決方法。✓

（2）a. "無國界醫生"憑着無比的意志和愛心。走遍世界
　　　每一個受天災、人禍及戰火影響的地區。為受害者
　　　提供援助。✗

b. "無國界醫生"憑着無比的意志和愛心，走遍世界
　　　每一個受天災、人禍及戰火影響的地區，為受害者
　　　提供援助。✓

　　以上兩組例子的句 a 都在句意尚未完結處誤用句號。例（1）句 a 的結構本是 "無論……，……，都……"（見句 b），現在卻在緊接前文的 "都" 字前加上句號，把句子割裂成兩個不完整的部分。例（2）句 a 的結構本是 "……憑着……，走遍……，為……提供……"（見句 b），現在卻在緊接前文的 "走遍" 和 "為……提供" 前加上句號，把句子割裂成三個不完整的部分。濫用句號是句子概念不清和不重視運用點號的後果。只要認清句號的功能，造句時細心思考，理清句內各成分的關係，就可以避免濫用句號。

（二）問號 ?

■ 定義

句末點號的一種，主要表示句子的疑問語氣。

■ 書寫規格

形　　式："？"。

佔用空間：一個漢字方塊。

位　　置：居左偏下，不出現在一行之首。

■ 功能

1　用在各類疑問句句末，表示句子完結的停頓和表達疑問語氣。

1.1　第一組（特指問句）

（1）　香港特別行政區的行政長官是誰？

（2）　請問這位先生貴姓？

（3）　陳主任甚麼時候到日本去？

（4）　你住在哪兒呢？

（5）　香港中央圖書館有多少冊藏書呢？

補充說明

- "特指問句"是詢問特定內容，要求特定答案的問句。這類問句通常包含"誰"、"甚麼"、"多少"等疑問代詞。

- 可以在句末加上疑問語氣詞"呢"，見例（4）和例（5）；也可以不加"呢"，見例（1）至例（3）。

互參

- 前文：在特殊情況下，句號可用於某些疑問句句末，見頁 22 句號功能第 4 項。

1.2 第二組（是非問句）

（6）　你支持何先生競選區議員嗎？

（7）　公務員應該保持政治中立嗎？

（8）　香港最南的島是蒲台島麼？

（9）　這裏的自助晚餐每位收費六百八十元？

　　　（比較：這裏的自助晚餐每位收費六百八十元。）

（10）他家裏一件日本電器也沒有？

　　　（比較：他家裏一件日本電器也沒有。）

補充說明

- "是非問句"是詢問"是"與"非"，要求對方作肯定或否定回答的問句。

- 是非問句通常在句末有疑問語氣詞"嗎"，見例（6）和例（7）；也可以用"麼"，見例（8）；也可以不加疑問語氣詞，見例（9）和例（10）。

- 例（9）和例（10）是把括號內陳述句句末的句號改為問號變成的。

互參
- 前文：句號用於陳述句句末，見頁 17-20 句號功能第 1 項。

1.3 第三組（選擇問句）

（11）你選擇的是活期儲蓄，還是定期儲蓄？

（12）這位"不平人"是男的，還是女的？

（13）對於"賭波合法化"，他是贊成，還是反對，還是無意見？

（14）下星期到上海，你決定坐火車，還是搭飛機呢？

（15）你最喜歡的國家是中國呢，美國呢，法國呢，日本呢，還是其他呢？

補充說明
- "選擇問句"是提供多於一個答案，要求對方選擇其一的問句。
- 選擇問句通常以關聯詞語"是……還是……"連繫答案選項。
- 可在最後一個答案選項後，加上疑問語氣詞"呢"，見例（14）；也可以在每個答案選項後，都加上疑問語氣詞"呢"，見例（15）；也可以不加"呢"，見例（11）至例（13）。
- 選擇問句一般只在最後一個選項後加上問號，詳見下文"應用須知"第 3 項。

1.4 第四組（正反問句）

（16）進手術室前，你有沒有關上手提電話？

（17）你喜不喜歡游泳？

（18）遷廠的計劃，工會代表同意不同意？

（19）可不可以把這份文件複印給我呢？

（20）明天他生日，你送不送他禮物呢？

補充說明

- "正反問句"是並列肯定與否定兩個項目，要求對方選擇其一的問句。

- 正反問句以"有沒有"、"……不……"這類"正反形式"提出問題。

- 可以在句末加上疑問語氣詞"呢"，見例（19）和例（20）；也可以不加"呢"，見例（16）至例（18）。

1.5 第五組（反問句）

（21）小孩子怎能承受這麼大的壓力呢？

（22）他既然主意已決，我還有甚麼話可說？

（23）一個有良知的人，豈可以出賣朋友？

（24）你難道一點同情心也沒有嗎？

（25）你不是決心要戒煙嗎？

補充說明

- "反問句"又稱"反詰句"，是明知故問的問句，目的在於質問、諷刺或引起對方反省。

- 反問句通常以"怎"、"難道"、"豈"等"反問語氣詞"提出問題。
- 反問句以肯定形式表示否定的答案,見例(21)至例(23);以否定形式表示肯定的答案,見例(24)和例(25)。
- 可以在句末按句意和結構加上疑問語氣詞"呢",見例(21);也可以加上"嗎",見例(24)和例(25);也可以不加疑問語氣詞,見例(22)和例(23)。
- 疑問語氣詞"呢"和"嗎"不可互換。

互參

前文:反問句句末也可以用句號,見頁 22 句號功能第 4 項。

·後文:反問句句末也可以用嘆號,見頁 52 嘆號功能第 4 項。

2　用在省略句句末,表示疑問。

(26)"誰?"他朝着傳出聲響的方向問道。

(27)那相士笑着說:"你的氣色真好!"
　　　"我?"我一臉茫然地說。

(28)"我今早去了大會堂。"我對媽媽說。
　　　"大會堂?"她似乎不相信。

補充說明

- "省略句"指在特定語境中省去某些句子成分而仍能明確表達意思的句子。

- 以上三例中的 "誰?"、"我?"、"大會堂?" 都是省略
  句,也可看成是廣義的獨詞句。例(26)的 "誰",例
  (27)的 "我" 和例(28)的 "大會堂" 都是一個詞。

互參

- 前文:句號用在獨詞句和語氣平和的省略句句末,見頁
  20-21 句號功能第 2 項。
- 後文:嘆號用在獨詞句或省略句句末,見頁 52-53 嘆號
  功能第 5 項。

3 用在句子某些成分之後,表示不確定或存疑。

(29)枚乘(? ～公元前 140 ?),西漢辭賦家,字叔,淮
    陰人。

(30)鬧市中有一位身穿袈裟的法師(?)在向途人求布
    施。

(31)政府高薪聘請這位專家(?)做研究,可他發表的
    盡是平庸之見。

(32)豬的肚子(應該是豬的胃?)是不少人的美食。

(33)這位參賽者的文章寫得不錯,不知道他(她?)的
    口才怎樣?

補充說明

- 這是問號的特殊用法:問號出現在夾注括號裏,表示對
  前文不確定或存疑。這種問號並非句子本身的點號。

- 例（29）第一個問號表示無法考知的年份（生年），第二個問號表示存疑的年份（卒年）。
- 例（30）和例（31）的"夾注式問號"分別標示對"法師"身分不確定或存疑和對"專家"存疑甚至否定。
- 例（32）和例（33）的問號是括號內注文的"句末點號"，分別表示對"豬的肚子"這名稱和"參賽者"性別不確定和存疑。

互參

- 後文： 一、 嘆號用於句子某些成分之後，表達感嘆或驚異之情，見頁 53-54 嘆號功能第 6 項；

  二、 括號標示對句中詞語的注釋、補充或感受，見頁 166-168 括號功能第 1 項；

  三、 括號裏的問號和嘆號，見頁 173-174 括號應用須知第 1 項之 1.3 節。

應用須知

1 包含疑問成分的陳述句

並非所有包含"甚麼"、"是否"、"要不要"等疑問成分的句子都是問句。有些陳述句也包含這類疑問成分，句末不用問號，要用句號。請看以下五個句組和括號內的問句：

（1）a. 我很想知道小強是甚麼時候回來的。✓

　　　b. 我很想知道小強是甚麼時候回來的？✗

　　　（我追問大強："小強是甚麼時候回來的？"）

（2）a. 大家都搞不清楚他們倆是否真的要離婚。✓

　　　b. 大家都搞不清楚他們倆是否真的要離婚？ ✗

　　　（大家都不禁要問：“他們倆是否真的要離婚？”）

（3）a. 黃先生今天請客，問我們喜歡吃西餐，還是中餐。✓

　　　b. 黃先生今天請客，問我們喜歡吃西餐，還是中餐？ ✗

　　　（黃先生說：“今天我請客，你們喜歡吃西餐，還是中餐？”）

（4）a. 她問我餓不餓，要不要吃點東西。✓

　　　b. 她問我餓不餓？要不要吃點東西？ ✗

　　　（她問我：“你餓不餓？要不要吃點東西？”）

（5）a. 哥哥情場失意，悶悶不樂，爸爸提醒他世事豈能盡如人意。✓

　　　b. 哥哥情場失意，悶悶不樂，爸爸提醒他世事豈能盡如人意？ ✗

　　　（哥哥情場失意，悶悶不樂，爸爸提醒他：“世事豈能盡如人意？”）

　　以上五組的句 b 都錯用了問號。五組依次包含特指問句“小強是甚麼時候回來的？”，是非問句“他們倆是否真的要離

婚？"，選擇問句"你們喜歡吃西餐，還是中餐？"，正反問句
"你餓不餓？要不要吃點東西？"和反問句"世事豈能盡如人
意？"。不過，這五個疑問句都不再獨立，而分別成為"我很想
知道……"，"大家都搞不清楚……"，"黃先生今天請客，問我
們……"，"她問我……"和"哥哥情場失意，悶悶不樂，爸爸
提醒他……"這五個陳述句的一部分，成為陳述的重心。這
時，在整個句子的末尾就不能用問號，必須用句號。因為說話
的人其實只在陳述事情，並沒有提出疑問。

互參

・前文：句號用在陳述句句末，見頁 17-20 句號功能第 1
　　　項。

2　語氣平和的反問句

在恰當語境裏，反問句句末可以不用問號，而用句號，以
表達平和的語氣：這是特殊用法。試比較以下兩個句組：

（1）a. 何老師安慰我說："別氣餒，未來的事誰能預
　　　　知。" ✓
　　　b. 何老師安慰我說："別氣餒，未來的事誰能預
　　　　知？" ✓

（2）a. "我怎麼可以跟你比。"大明低聲說。 ✓
　　　b. "我怎麼可以跟你比？"大明低聲說。 ✓

這情況常見於反問句，因為反問句本質是"明知故問"、"無疑而問"。上面兩組的句a，側重"明知"、"無疑"（比較側重引起對方反思的句b），因此可以在句末用上句號。實際應用時以句號還是問號作結，要視乎寫作目的而定，不能一概而論。可見運用標點符號宜靈活，忌墨守成規。

互參

- 前文：句號用在語氣平和的疑問句句末，見頁 22 句號功能第 4 項。

3   問號用於選擇問句

選擇問句提供多個答案讓對方選擇。在每個答案之後，是否都可以加上問號呢？試比較以下兩個句組：

（1）a. 究竟是先有雞呢，還是先有蛋呢？ ✓
　　　b. 究竟是先有雞呢？還是先有蛋呢？ ✓

（2）a. 這箱文件是陳小姐的，黃先生的，還是李小姐的？ ✓
　　　b. 這箱文件是陳小姐的？黃先生的？還是李小姐的？ ✓

一般處理方法是只在全句後加上問號，表示這是一個完整的問句（見兩組的句a）；選項之間的停頓是句內停頓，用逗號分隔，停頓時間較短。如要強調每一個選項，則可以在每個選項後加上問號，表示這是一系列相關的問句（見兩組的句 b）；選項之間的停頓是句末停頓，停頓時間較長。採用後一種處理方法時，宜以較詳細的選項形式表達，如：

> c. 這箱文件是陳小姐的呢？還是黃先生的呢？還是李小姐的呢？✓

4　問號用於倒裝句

問號是句末點號，無論句式怎樣顛倒，問號都應始終留在句末。請看以下兩個句組：

（1）原　句：大明，你報名了嗎？

　　　倒裝句：a. 你報名了嗎，大明？✓

　　　　　　　b. 你報名了嗎？大明。

　　　　　　　c. 你報名了嗎？大明？

（2）原　句：媽，我的溜冰鞋呢？

　　　倒裝句：a. 我的溜冰鞋呢，媽？✓

　　　　　　　b. 我的溜冰鞋呢？媽。

　　　　　　　c. 我的溜冰鞋呢？媽？

上面兩組句子，只有句 a 才是原句的倒裝，問號只有一個，並放在句末。句 b 和句 c 都各自變成了兩個句子，不是原句的倒裝形式。

互參

• 後文：一、 嘆號用於倒裝句，見頁 55 嘆號應用須知第 1
　　　　　　　項；

　　　　二、 逗號用於倒裝句，見頁 84-85 逗號功能第 3
　　　　　　　項。

5　問號用於標題短語之後

標題短語如表達疑問語氣，則須在後面加上問號。請看以下例子：

（1）香港廉政公署海報

```
┌──────────────────────┐
│    你睇唔睇到？         │
│                        │
│    睇到貪污             │
│    就要舉報             │
└──────────────────────┘
```

海報上方 "你睇唔睇到" 加上問號，能更清楚準確地表達疑問語氣。海報下方 "睇到貪污就要舉報" 是陳述語氣，可省去句末點號。

（2）保安局禁毒處及禁毒常務委員會 "禁毒" 海報

```
┌──────────────────────┐
│    朋友？              │
│                        │
│                        │
│    叫你吸毒，點會係朋友！ │
└──────────────────────┘
```

例（2）"朋友"之後如不加上問號，不能表達疑問語氣。此外，這張海報以完整文句和問號、逗號、嘆號清晰傳達禁毒信息和語氣："朋友？叫你吸毒，點會係朋友！"效果生動、傳神。

6　問號疊用

問號既表示句末停頓，又表達疑問語氣。要表達說話人對某些現象極感疑惑時，是否可以疊用問號呢？請看以下兩組例句：

（1）a. 你難道不知道這是不對的嗎？
　　　b. 你難道不知道這是不對的嗎？？

（2）a. 事情弄到這個田地，你說怎麼辦？怎麼辦？怎麼辦？
　　　b. 事情弄到這個田地，你說怎麼辦？怎麼辦？？怎麼辦？？？

這並不是對與錯的問題。原則上，用一個問號就夠了。一般書面表達，不宜隨便疊用問號；問號疊用得太多，會令人感到不夠莊重、冷靜。讀者或許會說："我就是不要冷靜，我要提出極大疑問！那麼是否可以疊用問號呢？"答案是可以的，但不能毫無限制地疊用，一般不宜超過三疊。疊用問號，確能在寫作和閱讀心理上加強疑問語氣，也能在視覺上引起注意。不過，表情達意的始終是文字，不是標點；因此，疊用問號不值得鼓勵，應注意節制。

　　豎排文字句末如須疊用問號，應跟豎排文字和豎排連用的標點排列形式一致，採用"上下疊置式"，不應套用橫排文字的"右向疊置式"。試比較以下兩例：

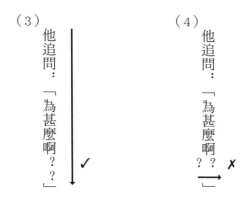

　　例（3）的疊用形式跟豎排文字和豎排連用的標點排列形式一致，都是由上而下；例（4）的疊用形式跟豎排文字和豎排連用的標點排列形式矛盾，不宜採用。

　　2012年新版《中華人民共和國國家標準·標點符號用法》（以下簡稱《新國標》）第 4.2.3.3 節說明了疊用問號的"通常"用法，以下摘錄原文和示例，供讀者參考：

在多個問句連用或表達疑問語氣加重時，可疊用問號。通常先單用，再疊用，最多疊用三個問號。在沒有異常強烈的情感表達需要時不宜疊用問號。

示例：這就是你的做法嗎？你這個總經理是怎麼當的？？你怎麼竟敢這樣欺騙消費者？？？

上述示例並未包括一開始就疊用問號的情況。[1]

互參

・後文：一、 嘆號疊用，見頁 58-60 嘆號應用須知第 5
項；

二、 嘆號和問號並用，見頁 60-62 嘆號應用須知
第 6 項。

---

1 問號疊用和嘆號疊用相似，但《新國標》對兩者的用法和示例說明並不一致。《新國標》在本節指疊用問號"通常先單用，再疊用，最多疊用三個"並只給出一個跟這標準相應例子。《新國標》在 4.3.3.3 節說明疊用嘆號時沒有寫明"通常先單用，再疊用，最多疊用三個"，而以"我要揭露！我要控訴！！我要以死抗爭！！！"為例間接說明。另一例為"轟！！在這天崩地塌的聲音中，女媧猛然醒來。"一開始即疊用嘆號，表示聲音巨大或不斷加大。以此類推，一開始即疊用問號的做法應可接受。

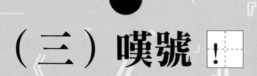

（三）嘆號 !

■ 定義

句末點號的一種，主要表示句子的感嘆語氣。

■ 書寫規格

形　　式：" ! "。

佔用空間：一個漢字方塊。

位　　置：居左偏下，不出現在一行之首。

■ 功能

1　用在感嘆句句末。

1.1　第一組

（1）　你這個建議簡直是荒謬絕倫！

（2）　這秀麗的景色，真教人神往！

（3）　看到這座新大樓，他不禁驚嘆："好宏偉的建築！"

（4）　想不到那天一別，竟成永訣！

（5）　你看，這吸血彊屍的造型多恐怖！

補充說明

- 嘆號除表達句意完結的停頓外，更表達強烈感情。這種感情可以是喜、怒、哀、懼等心理反應。
- "感嘆句"是表達強烈感情的句子，句中通常會有"簡直"、"真"、"好"、"竟"、"多"等有助於表達強烈感情的副詞，見例（1）至例（5）。

互參

・前文：感嘆句句末也可以用句號，見頁 22-23 句號功能第 5 項。

1.2 第二組

（6）　這個小朋友真討人喜歡啊！

（7）　"我才不信你，哼！"李小姐頭也不回地走開了。

（8）　他忍不住大喊："好悶呀！"

（9）　轟隆！雷聲像放炮一樣震耳欲聾。

（10）"砰！砰！砰！"遠處傳來幾聲槍響。

（11）母親經不起他苦苦哀求，終於說："算了吧！"

（12）這裏好熱鬧呢！

補充說明

- 這組例子的嘆號用在嘆詞、象聲詞和語氣助詞之後。
- "嘆詞"是表示強感情的詞，如"啊"、"哼"、"呀"，見例（6）至例（8）。
- "象聲詞"是摹擬事物聲音的詞，如"轟隆"、"砰"，見例（9）和例（10）。

- "語氣助詞"是表示各種語氣的詞，如"吧"、"呢"，見例（11）和例（12）。

互參

- 前文：句號也可以用在感嘆句句末，見頁22-23句號功能第5項。

2　用在祈使句句末，表達強烈的情緒。

（13）請你不要再這樣說！

　　　（比較：請你不要再這樣說。）

（14）員工在工場裏絕對不可以吸煙！

　　　（比較：員工在工場裏絕對不可以吸煙。）

（15）本人要求管理委員會公開譴責這位不負責任的會員！

　　　（比較：本人要求管理委員會公開譴責這位不負責任的會員。）

（16）外面太冷了，快把門關上！

　　　（比較：外面太冷了，快把門關上。）

（17）學生必須穿校服回校！

　　　（比較：學生必須穿校服回校。）

補充說明

- 祈使句的語氣可以是強烈的，如上面各例子；也可以是平和的，如括號內的對應句。這類句子句末用嘆號還是用句號，取決於作者的主觀選擇和句子跟上下文的關係。

互參

・前文：句號可用在語氣平和的祈使句句末，見頁 21 句號功能第 3 項。

3 用在陳述句句末，表達強烈的感情。
（18）這是你的生日禮物！
　　　（比較：這是你的生日禮物。）
（19）這條蟒蛇剛吞掉了一隻雞！
　　　（比較：這條蟒蛇剛吞掉了一隻雞。）
（20）我和她同年同月同日生！
　　　（比較：我和她同年同月同日生。）
（21）香港運動員在奧運會中奪得冠軍！
　　　（比較：香港運動員在奧運會中奪得冠軍。）

補充說明

・例（18）至例（21）四個感嘆句都是把括號內陳述句句末的句號改為嘆號變成的。
・這類句子句末用嘆號還是用句號，取決於作者的主觀選擇和句子跟上下文的關係。

互參

・前文：句號用在陳述句句末，見頁 17-20 句號功能第 1 項。

4　用在某些疑問句句末，表達強烈的情緒。

（22）這件小事誰會關心！

　　（比較：這件小事誰會關心？）

（23）你別妄想了，癩蛤蟆怎麼吃天鵝肉呢！

　　（比較：你別妄想了，癩蛤蟆怎麼吃天鵝肉呢？）

（24）你說甚麼！

　　（比較：你說甚麼？）

補充說明

・ 這類疑問句多是反問句，如例（22）和例（23）括號內的句子。

・ 例（24）括號內的句子是特指問句。

・ 上面三個感嘆句都是把括號內疑問句句末的問號改為嘆號變成的。

・ 例（22）至例（24）雖然分別包含疑問詞"誰"、"怎麼"、"甚麼"，但重點都在抒發情緒，不期待對方回答。

互參

・前文：疑問句句末用問號，見頁 33-37 問號功能第 1 項，特別注意第一組和第五組的例句和說明。

5　用在獨詞句和省略句句末，表示強烈的聲音或情緒。

（25）"砰！"大門給撞開了。

（26）"轟隆！"窗外傳來一聲雷響。

（27）"滾！"主任指着大門對我說。

（28）媽媽問我：“你今早去了哪裏？”

　　　 “大會堂！”我不耐煩地說。

（29）“一起唱！”老師邊彈鋼琴邊對我們說。

補充說明

- “獨詞句”指由一個詞或一個詞組構成的句子。“省略句”指在特定語境中省去某些句子成分而仍能明確表達意思的句子。

- 例（25）的“砰！”和例（26）的“轟隆！”是由象聲詞構成的獨詞句，嘆號表示強烈的聲音。

- 例（27）的“滾！”，例（28）的“大會堂！”和例（29）的“一起唱！”是省略句，也可看成是廣義的獨詞句，嘆號表達強烈的情緒。例（27）的“滾”和例（28）的“大會堂”是一個詞，例（29）的“一起唱”是一個詞組。

互參

- 前文： 一、 句號用在獨詞句或語氣平和的省略句句末，見頁 20-21 句號功能第 2 項。

　　　　 二、 問號用在省略句句末，見頁 37-38 問號功能第 2 項。

6　　用在句子某些成分之後，表達感嘆或驚異之情。

（30）這位居於灣仔的老太太今天歡度一百一十歲（！）生辰。

（31）為了籌款賑災，這群大學生決定由香港步行（！）到北京去。

（32）小明（！）贏得了一百米賽跑的冠軍。

（33）老師提名我（竟然是我！）參加全港傑出學生選舉。

（34）鱷魚與鯊魚大戰（如果有可能的話！），你認為哪一方會贏？

補充說明

- 這是嘆號的特殊用法：嘆號出現在夾注括號裏，表示對前文的感嘆或驚異之情。這種嘆號並非句子本身的點號。

- 例（30）至例（32）的"夾注式嘆號"分別標示對"一百一十歲"、"步行"和"小明"的讚嘆或驚異之情。

- 例（33）和例（34）的嘆號是括號內注文的"句末點號"，分別標示對"我"得到提名和"鱷魚與鯊魚大戰"的驚嘆。

- 下文"應用須知"第 3 項"嘆號不用在句中"尚有相關討論，可參考。

互參

- 前文：問號用於句子某些成分之後，表示不確定或存疑，見頁 38-39 問號功能第 3 項。

- 後文： 一、 括號標示對句中詞語的注釋、補充或感受，見頁 166-168 括號功能第 1 項；

　　　　 二、 括號裏的問號和嘆號，見頁 173-174 括號應用須知第 1 項之 1.3 節。

■ 應用須知

1　嘆號用於倒裝句

嘆號是句末點號，無論句式怎樣顛倒，嘆號都應始終留在句末。請看以下兩個句組：

（1）原　句：這碗麵好辣呀！

　　　倒裝句：a. 好辣呀，這碗麵！✔

　　　　　　　b. 好辣呀！這碗麵。

　　　　　　　c. 好辣呀！這碗麵！

（2）原　句：你這個人真可愛啊！

　　　倒裝句：a. 真可愛啊，你這個人！✔

　　　　　　　b. 真可愛啊！你這個人。

　　　　　　　c. 真可愛啊！你這個人！

上面兩組句子，如從原句倒裝的角度看，只有句 a 的點號運用正確。句 b 和句 c 都各自分成兩個句子，不是原句的倒裝形式。

互參

・前文：問號用於倒裝句，見頁 43-44 問號應用須知第 4
　　　　項；

・後文：逗號用於倒裝句，見頁 84-85 逗號功能第 3 項。

2   以嘆詞領起的感嘆句

以嘆詞領起的感嘆句，一般只在句末用嘆號。在領句嘆詞之後，應該用逗號。試比較以下三例：

（1）啊，太陽出來了！
（2）啊！太陽出來了。
（3）啊！太陽出來了！

例（1）是典型的感嘆句，嘆號只用在句末，嘆詞"啊"之後用逗號。例（2）是兩個句子："啊"自成一句，稱為"獨詞句"；"太陽出來了"又自成一句。這兩個句子前一個用嘆號，後一個用句號，連起來，前後情緒轉變並不自然，甚至有點滑稽。不過，這並不算錯：在某種特定語境裏，這種安排也不足為奇，只是不常見而已。例（3）同樣是兩個句子，句末都用嘆號，情緒連貫；相對於例（2），表達效果較自然合理。由此可見，點號跟文字、句式的配合是靈活多變的。

3   嘆號不用在句中

嘆號是句末點號，表示句意完結的停頓和表達感嘆語氣。因此，嘆號不能用在句中（夾注式嘆號除外）。試比較以下三句：

（1）雖然被埋在地震災場七天！這位老太太獲救時仍神志清醒，活動自如。✗
（2）雖然被埋在地震災場七天，這位老太太獲救時仍神志清醒，活動自如！✓

（3）雖然被埋在地震災場七天（！），這位老太太獲救時仍神志清醒，活動自如。✓

　　以上三例展示轉折關係複句的不同標點形式。例（1）在句中"七天"之後用了嘆號，把原句割裂為兩"句"。"雖然被埋在地震災場七天"意思不完整，並不成句：可見例（1）是錯誤的。例（2）在"七天"之後改用逗號，把嘆號移到句末，是常規做法。例（3）緊貼"七天"之後加上不屬於原句點號系統的"夾注式嘆號"（見上文嘆號功能第6項），強調對"被埋……七天"的驚嘆之情，再用逗號連接餘下部分，做法正確。

4　嘆號用於標題短語之後
　　標題短語如表達感嘆語氣，須在後面加上嘆號。請看以下兩個例子：

（1）全城清潔運動宣傳直幡

　　上圖左方直幡"全城動"加上嘆號，傳達強烈的感嘆和祈使語氣，產生鼓動效果。右方直幡"全城清潔運動"，語調平和，表達陳述語氣，不須加上句號。兩者可作比較。

（2）禁毒海報

香港保安局禁毒處和禁毒常務委員會出版一系列"禁毒海報"，其口號是：

企硬！

唔 take 嘢

向毒品說不！

在"企硬"和"向毒品說不"兩個祈使句後都加上嘆號，以強烈語氣傳達清晰訊息；如刪除兩個嘆號，語調便變得平和，削弱傳意效果。

5　嘆號疊用

嘆號既表示句末停頓，也表達感嘆語氣。要表達說話人對某現象有極強烈的感嘆時，是否可以疊用嘆號呢？請看以下兩組例句：

（1）a. 這真是豈有此理！
　　　b. 這真是豈有此理！！

（2）a. 這個消息真是太好了！太好了！太好了！
　　　b. 這個消息真是太好了！太好了！！太好了！！！

這跟上文討論疊用問號的情況很相似。嘆號疊用也不是對錯問題，而是選擇問題。一般而言，不宜隨便疊用嘆號，大部分情況用一個嘆號已足夠了。在某些文藝寫作或特殊文字裏，嘆號疊用是常見的。疊用嘆號，能在寫作和閱讀上加強感嘆情緒，也能在視覺上引起注意。不過，日常書面表達，嘆號如用得太多，容易讓人感到作者過於誇張，甚至情緒失控。因此，應該在有必要時才疊用嘆號，並以三疊為限。表情達意始終以文字為主，疊用嘆號跟疊用問號一樣，不值得鼓勵，應注意節制。

直排文字句末如須疊用嘆號，應跟直排文字和直排連用的標點排列形式一致，採用"上下疊置式"，不應套用橫排文字的"右向疊置式"。試比較以下兩例：

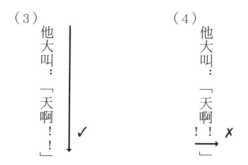

例（3）的疊用形式跟直排文字和直排連用的標點排列形式一致，都是由上而下；例（4）的疊用形式跟直排文字和直排連用的標點排列形式矛盾，不宜採用。

《新國標》第 4.3.3.3 節說明了可疊用嘆號的情況，以下摘錄原文和示例，供讀者參考：

表示聲音巨大或聲音不斷加大時，可疊用嘆號；表達強烈語氣時，也可疊用嘆號，最多疊用三個嘆號。在沒有異常強烈的情感表達需要時不宜疊用嘆號。

示例 1： 轟！！在這天崩地塌的聲音中，女媧猛然醒來。

示例 2： 我要揭露！我要控訴！！我要以死抗爭！！！

互參

· 前文：問號疊用，見頁 45-47 問號應用須知第 6 項。

· 後文：嘆號和問號並用，見頁 60-62 嘆號應用須知第 6 項。

6　嘆號和問號並用

人的情感複雜多變，不能也不必截然劃分。要用句子表達糾纏交雜的情感時，在書面上，應怎樣決定句末點號呢？請看以下兩組例句：

第一組

（1）這種人怎值得
　　我們同情？

（2）這種人怎值得
　　我們同情！

（3）這種人怎值得
　　　我們同情？！

第二組

（1）你真的公開了
　　　這份機密文件！
（2）你真的公開了
　　　這份機密文件？

（3）你真的公開了
　　　這份機密文件！？

　　在日常生活裏，並用問號和嘆號並不罕見，這反映人們表情達意的實際需要。並用問號嘆號，理論上能準確表達既疑又嘆的情感，是單用問號或單用嘆號所不能代替的。不過，這也是過度側重點號的做法，跟疊用問號、疊用嘆號一樣，要恰當處理。如果要並用問號和嘆號，究竟應該是問號在前，嘆號在後，像第一組第（3）句呢；還是嘆號在前，問號在後，像第二組第（3）句呢？這個問題，目前未有定論。一般而言，以問號在前，嘆號在後的形式較多。另外，究竟排在前的點號較重要呢，還是排在後的較重要呢，還是兩者一樣重要呢？這也沒有固定答案。排在後面的點號可能較重要，因為句子最後是以該點號表達的語氣作結的。這裏要再次強調：並用問號嘆號不能毫無限制地擴展，否則將會出現跟下面兩句類似的濫用情況：

（4）你真的公開了這份機密文件！！！？
（5）你真的公開了這份機密文件？？？！

　　《新國標》第 4.3.3.4 節說明了可並用問號和嘆號的情況，以下摘錄原文和示例，供讀者參考：

當句子包含疑問、感嘆兩種語氣且都比較強烈時（如帶有強烈感情的反問句和帶有驚愕語氣的疑問句），可在問號後再加嘆號（問號、嘆號各一）。

示例 1： 這麼點困難就能把我們嚇倒嗎？！

示例 2： 他連這些最起碼的常識都不懂，還敢說自己是高科技人材？！

上述說明和示例並未能完全釐清本節所提及的疑問，這類用法仍有待更具體深入的探究。

互參

・前文： 一、 問號疊用，見頁 45-47 問號應用須知第 6 項；

二、 嘆號疊用，見頁 58-60 嘆號應用須知第 5 項。

第二節
句內點號

　　句內點號是用在句子內部的點號。換言之，是用在句意中間的點號。句內點號前面的意思並未完結，要跟後面的意思結合起來，才能表達完整的句意。因此，句內點號是有趨向性的點號，跟前述具終結性的句末點號不同。句內點號包括頓號、逗號、分號和冒號。這個次序按停頓時間由短到長劃分。我們說話，不是一口氣不停往下說的。話語中的自然停頓，在書面上，就以第一節的句末點號和現在介紹的句內點號表示出來。話語中的停頓時間，也不完全相等。一個完整的意思說完了，會停得長一點；意思未完，要麼不停，要麼在適當地方頓一頓，再往下說。停頓一方面是發聲系統的生理需要；一方面是思維活動的自然韻律；一方面是理清話語層次的主觀安排，好讓聽者、讀者清楚接收信息。句子中或短或長的停頓，在書面上就以各種"句內點號"顯示出來。

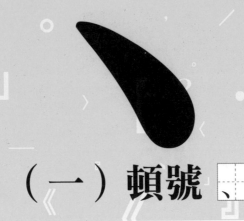

（一）頓號 、

■ **定義**

句內點號的一種，表示語段中並列詞語之間或某些序次語之後的停頓。

■ **書寫規格**

形　　式："、"。

佔用空間：一個漢字方塊。

位　　置：居左偏下，不出現在一行之首。

■ **功能**

1　用在句子內部並列或遞加項目之間，表示最短的停頓。

（1）　德、智、體、群、美合稱五育。

（2）　自由、民主、平等是許多人嚮往的政治理想。

（3）　這位小說家不斷修訂、改寫、重編他的作品。

（4）　節慶煙火照耀下的維多利亞港格外華麗、明艷、璀璨。

（5）　這首樂曲的配器用上了一面鑼、一個鼓、一管簫和一枝笛子。

（6）　成年的綠鬣蜥喜歡吃花、綠葉、植物幼芽和質地較軟的水果。

（7）　他是一個誠懇、正直、開朗的年輕人。

（8）　電視台將於明晚播出製作嚴謹、陣容鼎盛、情節離奇的台慶連續劇。

（9）　他們深情地、歡快地、激昂地唱着國歌。

（10）這幫匪徒絞盡腦汁、挖空心思、千方百計騙人錢財。

（11）山坡上那一列木棉樹繁花怒放，花開得燦爛、絢麗、奪目。

（12）這個冠軍爭奪戰的決勝分令觀眾緊張得屏住氣息、咬緊牙關、瞪大眼睛。

補充說明

• 頓號分隔的"並列項目"指"詞"和由詞組成的"短語"。

• 例（1）和例（2）以頓號分隔並列的主語。例（1）的五個主語是單音節詞，例（2）的三個主語是雙音節詞。

• 例（3）和例（4）以頓號分隔並列的謂語中心詞。例（3）的三個謂語中心詞是動詞和動詞短語，例（4）的三個謂語中心詞是形容詞。

• 例（5）和例（6）以頓號分隔並列的賓語。例（5）的四個賓語是表示數量的名詞短語，例（6）的四個賓語是名詞和名詞短語。兩例第三和第四個賓語用"和"字連接。

- 例（7）和例（8）以頓號分隔並列的定語。例（7）的三個定語是形容詞，例（8）的三個定語是主謂短語。
- 例（9）和例（10）以頓號分隔並列的狀語。例（9）的三個狀語是形容詞，例（10）的三個狀語是成語。
- 例（11）和例（12）以頓號分隔並列的補語。例（11）的三個補語是形容詞，例（12）的三個補語是動詞短語。
- 在每個並列項目之間都用頓號，較能平均地突出每個項目；在最後兩個並列項目之間用和字，語氣有時較流暢自然。不過這並不能一概而論，要按實際情況選擇並列形式。下文應用須知第 1 和第 2 項有較詳細討論。

互參

- 後文： 一、 逗號用於句子內部並列或遞加項目之間表示較長的停頓，見頁 82-84 逗號功能第 2 項；

　　　　　二、 逗號用於句中重複或序次成分之間，表示連續、強調或遞進的意思，見頁 90 逗號功能第 8 項；

　　　　　三、 逗號和頓號的運用層次，見頁 91-93 逗號應用須知第 2 項；

　　　　　四、 恰當選用逗號和頓號，見頁 93-100 逗號應用須知第 3 項。

　　　　　五、 逗號不宜用於並列的英文字母和阿拉伯數目字之間，見頁 106 逗號應用須知第 8 項。

2 用在句中介詞結構內部並列項目之間，表示最短的停頓。

（13）大型溫室所有向東、南、西的玻璃窗都被這股強大氣流震破了。

（14）凶案現場有打鬥痕跡，那些在地上、牆上和門上的斑斑血跡，令人不寒而慄。

（15）醫療制度改革無論對病者、病者家屬、醫生、護理人員都有好處。

（16）主題公園為未滿三歲的小童、六十五歲或以上長者、殘疾人士和當天生日的市民提供免費進場優惠。

（17）香港特有的盧氏小樹蛙棲息於大嶼山、南丫島、蒲台島、赤鱲角一帶。

（18）參加本屆香港單車邀請賽的運動員來自亞洲、歐洲、美洲和澳洲。

補充說明

· 例（13）和例（14）的介詞結構用作定語。例（13）表示方向的介詞結構 "向……" 內的三個並列項目以頓號分隔，例（14）表示位置的介詞結構 "在……" 內的三個並列項目，前兩個以頓號分隔，後兩個以 "和" 字連接。

· 例（15）的介詞結構 "對……" 和例（16）的介詞結構 "為……" 都用作狀語，都表示對象。例（15）介詞結構內的四個並列項目以頓號分隔，例（16）介詞結構內的四個並列項目，前三個以頓號分隔，後兩個以 "和" 字連接。

- 例（17）和例（18）的介詞結構用作補語。例（17）表示處所的介詞結構 "於……" 內的四個並列項目以頓號分隔，例（18）表示起點的介詞結構 "自……" 內的四個並列項目前三個以頓號分隔，後兩個以 "和" 字連接。

3　用於序次語和正文之間，表示停頓。

（19）員工注意事項：

　　　　一、　辦公時間內必須佩戴工作證；

　　　　二、　必須穿着整齊制服；

　　　　三、　在工作間內不得吸煙。

（20）對方要求我們：一、停止生產該貨品；二、全面回收該貨品；三、登報道歉。

補充說明

- "序次語" 又稱 "次序語"，是表示次序或序數的詞。例如 "一"、"二"、"三"，"甲"、"乙"、"丙"（單音節）；又如 "第一"、"第二"、"第三"（雙音節）。在單音節序次語和後面的文字之間，要用頓號。見例（19）和例（20）。
- 頓號分隔的序次語和正文可採用分行排列式，如例（19）；也可以採用常規句式，如例（20）。
- 分行排列式的頓號可以刪去，但常規句式則不可以。詳見下文應用須知第 3 項。

互參

- 後文： 一、 逗號用於雙音節序次語和正文之間，見頁
  86-87 逗號功能第 5 項；

  二、 在序次語後選用逗號和頓號，見頁 104-105
  逗號應用須知第 7 項；

  三、 分號用於以序次語介引的並列項目之間，見
  頁 114-115 分號功能第 3 項；

  四、 括號標示序次語或序號，見頁 170-171 括號
  功能第 4 項；

  五、 破折號標示列舉分承的項目，見頁 185 破折
  號功能第 8 項。

▓ 應用須知

1 頓號用於兩個並列項目之間

以頓號並列的詞語，如只得兩個，可以改用"和"字連接。試比較以下兩句：

（1）香港大學、澳門大學合辦這個辯論比賽。
（2）香港大學和澳門大學合辦這個辯論比賽。

句（1）以頓號分隔"香港大學"和"澳門大學"，這個停頓較能突出兩所主辦機構；句（2）以"和"字取代頓號，句子中間沒有停頓，全句較流暢，但相對而言，在書面上突出主辦機構的效果較弱。這兩句的誦讀效果——音節強弱和句子節奏——是不同的，不必強行判定優劣，實際運用時不妨保留一點選擇彈性。

2　頓號用於三個或以上並列項目之間

如果有三個或以上並列項目，在最後兩個之間，可用頓號，也可以用和字。試比較以下兩個句組：

（1）a. 所謂"五育"，是指德、智、體、群、美。
　　　b. 所謂"五育"，是指德、智、體、群和美。

（2）a. 小孩子最喜歡吃巧克力、冰琪琳、漢堡包。
　　　b. 小孩子最喜歡吃巧克力、冰琪琳和漢堡包。

兩個句組中的句 a 和句 b，都是"合法"的表達形式，節奏則各有不同。讀者可把這兩組句子唸一遍作比較。一般而言，第（1）組以句 a 較佳，在節奏上可以加強表達"五育並重"的精神；句 b 在形式上和閱讀效果上，容易減弱"群"和"美"（特別是"群"）的重要性。第（2）組則以句 b 較自然，句 a 稍嫌生硬。然而，人人感覺不同，難以一概而論。這再次反映運用標點符號有時是風格和選擇問題，不是對錯問題。

3　頓號用於分行排列的序次語和正文之間

分行排列的序次語和正文間的頓號，可以省去，代以留空一個字的位置。例如上文"功能"第 3 項例（19）可以這樣表達：

（1）員工注意事項：
　　　一　工作時間內必須佩戴工作證；

二　必須穿着整齊制服；

三　在工作間內不可吸煙。

不過，採用常規句式時，序次語和正文之間必須用頓號，不能留空一個字的位置。上文"功能"第 3 項例（20）不可以這樣表達：

（2）對方要求我們：一　停止生產該貨品，二　全面回收該貨品，三　登報道歉。✗

4　頓號不宜用於較長並列項目之間

頓號用在並列詞和較短詞語之間，如果並列的詞語太長，則應改用逗號。試比較以下三個句組：

（1）a. 富貴不能淫、貧賤不能移、威武不能屈，此之謂大丈夫。

b. 富貴不能淫，貧賤不能移，威武不能屈，此之謂大丈夫。✓

（2）a. 他們憑着堅定不移的信念、迎難而上的勇氣、永不言敗的決心，終於完成了任務。

b. 他們憑着堅定不移的信念，迎難而上的勇氣，永不言敗的決心，終於完成了任務。✓

（3）a. 這項活動的宗旨是提高參賽者的國學常識、促進港
澳兩地大學師生的學術交流、承傳及發揚中國文化
的優良傳統。

b. 這項活動的宗旨是提高參賽者的國學常識，促進港
澳兩地大學師生的學術交流，承傳及發揚中國文化
的優良傳統。✓

這三個句組中句子的並列項目由短至長排列。三組中句 a 並
列項目之間用頓號，句 b 則用逗號。三組均以句 b 為宜，這取決
於頓號的本質：頓號是句內點號中停頓時間最短的，由它分隔
的項目，通常是詞和較短的詞組，宜在四個音節或以下（參看
頁 64-66 頓號功能第 1 項的例子）；不宜過長，否則就跟“停頓
最短”矛盾。不過“長短”是主觀概念，非絕對標準。因此並
列項目之間用頓號還是逗號，有“灰色地帶”。上文只提出基本
原則給讀者參考。

互參

•後文：一、 逗號用於並列或遞加項目之間表示較長的停
頓，見頁 82-84 逗號功能第 2 項；

二、 恰當選用逗號和頓號，見頁 93-100 逗號應
用須知第 3 項；

三、 逗號用於遞增定語的並列項目之間，見頁
103-104 逗號應用須知第 6 項；

四、 在並列項目之間選用分號、逗號和頓號的原
則，見頁 127-130 分號應用須知第 7 項。

5　頓號用於概數詞之間

在表示概數的詞之間，可以用頓號，也可以不用頓號。這不是說概數詞之間的頓號全都可有可無。有時必須小心處理，否則會引起歧義。試比較以下兩個句組：

（1）a. 在會議過程中，有三四位議員憤然離開議事廳。
　　　b. 在會議過程中，有三、四位議員憤然離開議事廳。

上面兩句同表一個意思，以句 a 較佳。"三四位議員" 跟 "三、四位議員" 是同義表達。句 b "三" 與 "四" 之間的頓號不必要，應該刪去。在口語裏，這 "三四" 之間並沒有停頓。但是，這並非絕對標準，請看以下一句：

（2）在七八年後，這裏有天翻地覆的改變。

這個句子是甚麼意思呢？是甚麼時候出現 "天翻地覆的改變" 呢？這個句子最少有以下兩個意思：

　　　a. 在七、八年後，這裏有天翻地覆的改變。
　　　b. 在一九七八年後，這裏有天翻地覆的改變。

句（2）是個歧義句，句中 "七八年後"，可以理解為 "七、八年後"，也可以理解為 "一九七八年後"。如要表達前者的意思，則必須在 "七八" 之間加上頓號（句 a）；如要表達後者的意思，則宜寫上完整年份 "一九七八"（句 b）。只有在上

下文充分協調配合，完全沒有可能產生歧義時，才可以寫上
"七八年後"。從上面兩個句組可見，概數詞之間一般不加頓
號，但在可能引起歧義時，就要加上頓號或用別的表達形式。

6　省寫形式不加頓號

　　為了簡潔方便，語言中有省稱省寫形式。例如把青年和少
年稱為（寫為）"青少年"，把中學小學稱為 "中小學"，甚至把
人物外號如 "大不良"、"小不良" 合稱為 "大小不良"。究竟
這些省稱省寫首兩詞之間，要不要加上頓號呢？請看以下三個
句組：

　　（1）a. 青少年是社會的未來主人翁。✓
　　　　　b. 青、少年是社會的未來主人翁。✗

　　（2）a. 香港中小學教師的工作壓力很大。✓
　　　　　b. 香港中、小學教師的工作壓力很大。✗

　　（3）a. 這兩個搗蛋鬼，外號 "大小不良"。✓
　　　　　b. 這兩個搗蛋鬼，外號 "大、小不良"。✗

　　這類省稱形式，在口語中是連讀的，中間並沒有停頓；在
書寫時也不應加上頓號。

7　頓號用於標有引號或書名號的並列項目之間

　　簡短的並列成分如已標上引號或書名號，應否在這些並列

項目之間再加上頓號呢？請先看以下兩個例句：

（1）我在書展買了《雙城記》《拜倫詩集》《非洲鼓速學》《生活化學小百科》四本書。

（2）我在書展買了《雙城記》、《拜倫詩集》、《非洲鼓速學》、《生活化學小百科》四本書。

第（1）句並列項目之間沒有頓號，第（2）句並列項目之間有頓號。理論上，書名號是"標號"，表明所標示項目的"性質"，本身並不表示停頓。在句中表示停頓的是"點號"，頓號就是表示停頓時間最短的點號。由此可見：第（1）句四個並列成分之間其實並沒有語氣停頓的標誌；第（2）句則以頓號表示語氣停頓。從這角度看，第（2）句比第（1）句更恰當。第（1）句並列項目之間的"停頓"，其實是由前項的"後書名號"和後項的"前書名號"之間的視覺間距間接引發的；並不是通過具體有效的手段，即運用頓號，表達出來。下面以傳統書名號（在書名下加浪線）表述第（1）句，以助說明問題：

（3）我在書展買了雙城記拜倫詩集非洲鼓速學生活化學小百科四本書。✗

從第（3）句可見"書名號"本身並不能表示停頓，第（3）句必須在四本書之間補上頓號或在四本書之間"留白"，把書名號斷開，才能清楚表達句子的語氣節奏和意思。

同理，並列項目本身已標上引號的情況，也可作如是觀。以下是兩個例句：

（4）中醫傳統藥膳"四臣湯"中的"四臣"，指"蓮子""茨實""淮山""茯苓"四種藥材。

（5）中醫傳統藥膳"四臣湯"中的"四臣"，指"蓮子"、"茨實"、"淮山"、"茯苓"四種藥材。

第（4）句中的引號，是"標號"，用於強調、突出所標示的項目，它本身不表示停頓。第（4）句並列項目之間的"停頓"，是由前項的"後引號"和後項的"前引號"之間的視覺間距間接引發的；並不是通過具體有效的手段，即運用頓號，表達出來。因此，第（5）句在所引四種藥材之間加上頓號，才是更準確、更恰當的表述。

在此須特別指出：《新國標》第 4.5.3.5 節中說：

標有引號的並列成分之間、標有書名號的並列成分之間通常不用頓號。

示例1："日""月"構成"明"字。

示例2：店裏掛着"顧客就是上帝""質量就是生命"等橫幅。

示例3：《紅樓夢》《三國演義》《西遊記》《水滸傳》，是我國長篇小說的四大名著。

《新國標》說的是內地"通常"的情況，並非"規定"。本書對這種刪除頓號的做法有保留，故直接引錄《新國標》原文，供讀者參考並自行判斷。《新國標》在同一節中又指出：

若有其他成分插在並列的引號之間或並列的書名號之間（如引語或書名號之後還有括注），宜用頓號。

示例 4： 李白的"白髮三千丈"（《秋浦歌》）、"朝如青絲暮成雪"（《將進酒》）都是膾炙人口的詩句。

示例 5： 辦公室裏訂有《人民日報》（海外版）、《光明日報》和《時代周刊》等報刊。

上述示例 4 和示例 5 其實都間接反映了並列引號和並列書名號之間本來就應有頓號。總之，《新國標》並沒有指出標有引號和書名號的並列項目之間不可以用頓號，只是說"通常不用頓號"。"通常"是主觀判斷，讀者可按實際需要決定用不用頓號。本書的立場是並列引號和並列書名號之間宜加上頓號，敬請讀者留意。

互參

・後文： 並列書名號之間的點號運用，見頁 241 書名號應用須知第 10 項。

（二）逗號 ，

■ **定義**

句內點號的一種，表示句子或語段內部的一般性停頓。

■ **書寫規格**

形　　式：","。

佔用空間：一個漢字方塊。

位　　置：居左偏下，不出現在一行之首。

■ **功能**

1　表示句中成分之間的停頓。

1.1　第一組（表示主語和謂語之間的停頓）

（1）　香港會議展覽中心新翼大樓外面的金紫荊廣場，是
　　　　遊客必到之處。

（2）　這隻純種美國摺耳短毛貓的身價，真的難以估計。

（3）　香港中央圖書館的設備，堪稱本地公共圖書館之冠。

（4）　這位老先生，是本地有名的慈善家。

（5）　母親，是我一生最難忘的人。

（6）　他，竟是我的殺父仇人！

補充說明

· "主語"是句子的陳述對象，表示陳述的是"誰"或"甚麼"；"謂語"是對"主語"的陳述，說明主語"是甚麼"或"怎麼樣"。以上例句，逗號前是主語，逗號後是謂語。

· 較長的句子，如果中間完全不停頓，說和看都較費神，所以可在恰當位置以逗號斷開（不斷開有時也是可以的，不算錯，但不夠自然），見例（1）至例（3）。

· 有時，句子不長，仍以逗號斷開。這是表達上的需要，為的是強調逗號前面的主語，見例（4）至例（6）。詳見下文應用須知第1項。

1.2 第二組（表示動詞和賓語之間的停頓）

（7）　我隱約聽到，在那片悠揚的音樂聲中傳來了兩聲微弱的嘆息。

（8）　主席認為，公司把香港的業務逐步北移是勢所難免的。

（9）　他竟然忘了，在手術室裏是不應該使用手提電話的。

（10）她在路上忽然想起，家裏的爐子還沒有關上。

（11）你應該知道，自殺是不負責任的行為。

（12）我覺得，他這個人沒有那麼簡單。

補充說明

- "賓語"是動作涉及的對象，說明動作涉及"甚麼"或"誰"。以上例句，逗號前的"動作"分別是"聽"、"認為"、"忘"、"想"、"知道"、"覺"（大部分是"心理動詞"）；逗號後的部分就是這些"動作"涉及的對象。

- 例（7）至例（10）都較長，如果中間不停一停（是可以不停的，不停不算錯），說和看都較費神，所以可在動詞和賓語之間用逗號斷開。參看下文應用須知第 1 項。

- 例（11）和例（12），本可以不斷開，斷開可以強調逗號後面的內容。

互參

- 後文：　一、　冒號用於提示性詞語之後，見頁 132-133 冒號功能第 1 項第二組例句；

　　　　　二、　恰當選用冒號和逗號，見頁 138-139 冒號應用須知第 2 項。

1.3　第三組（表示句首狀語後的停頓）

（13）中午後，熱帶風暴"榴槤"將會在本港西南約 80 海里內掠過。

（14）從今天起，我不會跟你再說半句話！

（15）在山的那一邊，我們發現了野豬的蹤影。

（16）慢慢地，他把從前的不良習慣一一改掉了。

（17）對這個人，我們已經說得太多了。

（18）除了蝦以外，我甚麼海鮮都吃。

補充說明

- "句首狀語"是指位於句子開始部分,用來修飾、限制後面部分的詞語。這些詞語通常表示跟全句相關的時間、地點、狀態和人事範圍。以上各句,逗號前都是句首狀語:例(13)"中午後"和例(14)"從今天起"表示時間,例(15)"在山的那一邊"表示地點,例(16)"慢慢地"表示狀態,例(17)"對這個人"和例(18)"除了蝦以外"表示人事範圍。

- 這組句子中的逗號都應加上,一般不宜省略,情況跟第一組和第二組不同。

1.4 第四組(表示句子獨立成分與其他成分之間的停頓)

(19) 據報道,香港兒童的體能是亞洲已發展地區中最差的。

(20) 老實說,我始終認為倉頡輸入法不是最方便的輸入法。

(21) 看起來,大家對標點符號還沒有足夠重視。

(22) 整體而言,這個報告寫得還不錯。

(23) 你聽,這咯吱咯吱的是甚麼聲音?

(24) 哎呀,你怎麼現在才到!

(25) 噢,我忘了把書帶給你。

(26) 這個消息,不瞞你說,是老趙告訴我的。

(27) 陳先生這個人,依我看,並不可靠。

(28) 把小孩子單獨留在家中,毫無疑問,是成年人的嚴重過失。

補充說明

- "獨立成分"指位於句子基本結構以外的一些詞語。這些詞語往往表示消息來源，如例（19）的"據報道"；表示說話口氣，如例（20）的"老實說"；表示推測估計，如例（21）的"看起來"；表示概括總結，如例（22）的"整體而言"；表示提請注意，如例（23）的"你聽"；表示呼喊感嘆，如例（24）的"哎呀"；表示較紓緩語氣，如例（25）的"噢"。

- 獨立成分除出現在句首，如例（19）至例（25）外，還可以出現在句中，如例（26）的"不瞞你說"，例（27）的"依我看"，例（28）的"毫無疑問"。

- 出現在句中的獨立成分，應該在前後都加上逗號，見例（26）至例（28）。

- 以上各句中的逗號，都不宜省略。

2　用於並列或遞加項目之間表示較長的停頓。

（29）注意均衡飲食，維持適量運動，爭取充足睡眠是保障身體健康的三要素。

（30）中環的皇后戲院，上環的普慶戲院和西環的太平戲院已成為香港人的歷史回憶。

（31）這款鎮店美點"金魚餃"，果然栩栩如生，極之賞心悅目，非常美味可口！

（32）這位老教授不辭勞苦地尋查資料，逐字逐句地研讀論文和不眠不休地整理筆記。

（33）西港城的建築特色是以對稱軸線設計拓寬空間，以紅磚和花崗石增添色彩，以中式瓦片鋪設斜屋頂突顯風格。

（34）這間小學每星期都給學生數之不盡的作業，數之不盡的測驗和數之不盡的補課。

（35）這條由意大利已故名師設計，鑲滿四色珍罕寶石，全世界獨一無二的項鍊，價值連城。

（36）由於風暴影響，從香港前往日本關西國際機場，前往台灣桃園國際機場和前往南韓仁川國際機場的航班服務暫停。

（37）甘小姐憑着必勝的信心，朝着前方的球瓶區，用盡全身的力氣投出手中的保齡球。

（38）不少人為了爭名逐利，為了逞強好勝，為了趨權附勢而喪失理智。

（39）這套魔術表演得那麼令人驚訝，那麼令人折服，那麼令人着迷！

（40）她平時口齒伶俐，今天面試卻把話說得轉彎抹角的，吞吞吐吐的，沒頭沒尾的。

補充說明

- 例（29）和例（30）的逗號用於並列的主語之間。例（29）三個主語都以逗號分隔；例（30）的三個主語，前兩個以逗號分隔，後兩個以"和"字連接。

- 例（31）和例（32）的逗號用於並列或遞加的謂語之間。例（31）三個謂語都以逗號分隔；例（32）的三個謂語，前兩個以逗號分隔，後兩個以"和"字連接。

- 例（33）和例（34）的逗號用於並列或遞加的賓語之間。例（33）三個賓語都以逗號分隔；例（34）的三個賓語，前兩個以逗號分隔，後兩個以"和"字連接。
- 例（35）和例（36）的逗號用於並列或遞加的定語之間。例（35）三個定語都以逗號分隔；例（36）的三個賓語，前兩個以逗號分隔，後兩個以"和"字連接。
- 例（37）和例（38）的逗號用於並列或遞加的狀語之間。兩例的三個狀語都以逗號分隔。
- 例（39）和例（40）的逗號用於並列或遞加的補語之間。兩例的三個補語都以逗號分隔。

互參

- 前文：頓號用在句子內部並列或遞加項目之間，表示最短的停頓，見頁 64-66 頓號功能第 1 項。

3　表示倒裝成分之後的停頓。

（41）去年畢業了，隔壁那個大學生。

　　　（比較：隔壁那個大學生去年畢業了。）

（42）怎麼了，你？

　　　（比較：你怎麼了？）

（43）真好聽啊，這首歌！

　　　（比較：這首歌真好聽啊！）

補充說明

- 例（41）的"去年畢業了"，例（42）的"怎麼了"，例

（43）的“真好聽啊”都是倒裝成分，後面應加上逗號。

- 原句的句末點號，不論是句號，是問號，還是嘆號，都要仍然留在句末。

互參

- 前文： 一、 問號用於倒裝句，見頁 43-44 問號應用須知第 4 項；

        二、 嘆號用於倒裝句，見頁 55 嘆號應用須知第 1 項。

4　表示複指或補充成分前後的停頓。

（44）董建華先生，香港特區首任行政長官，於 2014 年成立“團結香港基金”。

（45）大帽山，香港第一高山，海拔 957 米。

（46）鄰班的小強，一看到訓導老師，像看到鬼似的，就跑到老遠。

（47）我家陽台上那盆文竹，父親從前在花墟買回來的，已經種了二十多年。

補充說明

- 指稱同一事物的兩個詞或短語，叫做“複指成分”。例（44）的“董建華先生”和“香港特區首任行政長官”，例（45）的“大帽山”和“香港第一高山”都是“複指成分。在第二個複指成分的前後，都要加上逗號。

- 例（46）的"像看到鬼似的"是"看到訓導老師"的補充成分，例（47）的"父親從前在花壚買回來的"是"陽台上那盆文竹"的補充成分。在這兩個補充成分的前後，都要加上逗號。

互參

- 後文： 一、 括號標示對句中詞語的注釋、補充或感受，見頁 166-168 括號功能第 1 項；

　　　　 二、 破折號標示插入句中的說明或補充部分，見頁 180-181 破折號功能第 2 項；

　　　　 三、 破折號與括號和逗號互換，見頁 192-193 破折號應用須知第 2 項。

5　用於雙音節序次語和正文之間，表示停頓。

（48）如發現洩漏煤氣，應該：第一，關掉煤氣總掣；第二，打開所有窗戶；第三，離開現場。

（49）首先，由大會主席致辭；然後，參賽者逐一上台表演；最後，由總裁判宣布結果。

補充說明

- 逗號用在雙音節序次語之後。
- 例（48）序次語"第一"、"第二"、"第三"和例（49）序次語"首先"、"然後"、"最後"都是雙音節序次語，這類序次語和正文之間要用逗號，不用頓號。
- 在各並列項目之間，要用分號，不用逗號。

互參

• 前文： 頓號用於序次語和正文之間，見頁 68-69 頓號功能第 3 項。

• 後文： 一、 在序次語後選用逗號和頓號，見頁 104-105 逗號應用須知第 7 項；

　　　　 二、 分號用於以序次語介引的並列項目之間，見頁 114-115 分號功能第 3 項；

　　　　 三、 括號標示序次語或序號，見頁 170-171 括號功能第 4 項；

　　　　 四、 破折號標示列舉分承的項目，見頁 185 破折號功能第 8 項。

6　用在複句中分句之間，表示句意銜接處的停頓。

（50） O 型血的人意志堅強，A 型血的人善解人意，B 型血的人平易親切，AB 型血的人感覺敏銳。

（51） 雖然我的成績不理想，但是我已經用盡全力了。

（52） 除非公司已經別無選擇，否則不會裁員。

（53） 對待孩子既不能嬌縱溺愛，也不可放任自流。

（54） 他一聲不響地走進來，然後放聲大哭，把我們嚇了一跳。

（55） 藍先生退休後減少與人來往，不再更新自己的臉書內容，甚至連手機號碼都換了。

（56） 我一無相關學歷，二無專業資格，三無工作經驗，怎敢去應徵呢？

補充說明

- 以上各例逗號前後的都是分句，它們組合起來構成複句。

- 例（50）由四個意思相關、句式相同的分句組合而成，分句之間用了逗號。

- 例（51）和例（52）由兩個意思相關但句式不同的分句分別加上關聯詞語"雖然……但是……"、"除非……否則……"組合而成複句。

- 例（53）由兩個意思相關、句式一致的分句加上關聯詞語"……既……也……"組合而成複句。

- 例（54）和例（55）由三個意思相關的分句組合而成複句，分句之間用了逗號。

- 例（56）是"總分複句"：前三個分句分述三個不利條件，最後一個分句作總結；分句之間用了逗號。

互參

- 前文：單句組合成複句的過程，見頁 17-20 句號功能第 1 項。

- 後文：一、 分號用於複句中分句之間，見頁 108-114 分號功能第 1 項及第 2 項；

　　　　 二、 分句之間分號和逗號的層次關係，見頁 116-117 分號應用須知第 1 項。

7　用在前後分置直接引語的說話者和後置引語之間，表示話語斷續。

（57）"我不反對，" 林小姐說，"可不等於我同意。"

　　（比較：林小姐說："我不反對，可不等於我同意。"）

（58）"時間不早了，" 張婆婆看着窗外的暮色道，"你們應該回家了。"

　　（比較：張婆婆看着窗外的暮色道："時間不早了，你們應該回家了。"）

（59）"無論你怎麼解釋，" 陳先生怒斥站在他面前的服務員，"都是狡辯！"

　　（比較：陳先生怒斥站在他面前的服務員："無論你怎麼解釋，都是狡辯！"）

補充說明

- 前後分置的直接引語能加強現場感，產生先聲奪人、生動傳神的效果。例（57）"我不反對，"、例（58）"時間不早了，"、例（59）"無論你怎麼解釋，" 都是前置直接引語。

- 例（57）"林小姐說"、例（58）"張婆婆……道"、例（59）"陳先生……服務員" 後面都用逗號，不應用冒號；如用冒號，就會割斷說話者與前置直接引語的連繫，令前置引語變成 "無主孤魂"。請比較三例下方括號內的句式。

8 　用在句中重複或序次成分之間，表示連續、強調或遞進的
　　意思。

　　（60）媽，媽，媽，你為甚麼不應我一聲？

　　（61）這處的風景真是太美，太美，太美了！

　　（62）我們要衝，衝，衝，衝出香港，衝出亞洲。

　　（63）準備！一，二，三，出發！

補充說明

・　例（60）至例（62）是重複成分：例（60）的三個
　　"媽"和例（61）的三個"太美"表示連續和強調的意
　　思，例（62）的五個"衝"兼表連續、強調和遞進的意
　　思。

・　例（63）的"一，二，三"是序次成分，表示連續和遞
　　進的意思。

・　以上四例均非並列成分，成分之間不宜用頓號。

互參

・前文：頓號用在句子內部並列或遞加項目之間，表示最
　　　　短的停頓，見頁 64-66 頓號功能第 1 項。

■　**應用須知**

1 　恰當取捨逗號

　　逗號的基本作用是表示句子內部的停頓。句內的停頓，除
了是自然節奏外，有時還有強調前文或後文的作用。請看以下
兩組句子：

（1）a. 母親，是我一生最難忘的人。

　　　b. 母親是我一生最難忘的人。

　　第（1）組句 a 在母親之後加上逗號，利用停頓突出母親的重要性。句 b 不加逗號，在書寫形式上（視覺上）不能表達這種加強的效果，誦讀時較容易把整句輕輕帶過。讀者可以把這兩讀出來，自行比較。不過句 b 不用逗號斷開，也是完全可以的。這類句子的逗號取捨，可按表意需要決定。

　　有時句內不加逗號雖然也可以清楚表意，但文句會明顯變得冗長和欠缺節奏。例如：

（2）a. 董事會經過慎重考慮，決定革除陳主任的職務。

　　　b. 董事會經過慎重考慮決定革除陳主任的職務。

　　兩句字數雖然一樣，但在誦讀和閱讀效果方面，句 b 明顯較句 a 冗贅。此外，句 a 加上了逗號，利用停頓引起讀者注意下文；句 b 就達不到這種效果。像句 b 這類句子，應在適當位置利用逗號分清內部層次。

　　總之逗號有時可以用，可以不用；有時必須用，不能不用。用與不用，視乎表達目的和實際需要而定。

2　逗號和頓號的運用層次

逗號停頓時間比頓號長，用在並列詞語之間，可以表示比頓號高一層次的並列關係。如下圖所示：

……□□、□□，□□、□□，□□、□□。
　　└ 甲類 ┘ └ 乙類 ┘ └ 丙類 ┘

以下是兩個句例：

（1）他在超級市場買了許多東西，有香蕉、西瓜，浴巾、
　　　香皂，雨傘、雨衣。
（2）中國的北京、上海，日本的東京、大版，南韓的首
　　　爾、仁川，都是亞洲大城市。

　　句（1）並列的詞語可分成三類：水果（香蕉、西瓜）、浴
室用品（浴巾、香皂）和雨具（雨傘、雨衣）。句（1）以逗號
把這三個並列類別分開，這三個類別裏的並列項，則以頓號分
開。句（2）並列三個國家的城市，以逗號分開並列的大類（國
家），以頓號分開並列的小類（城市）。這樣，句子內部的層次
就更清晰了。

　　如果某些並列項目中已用了頓號，則不論其他並列項目中
有無頓號及長短，所有並列項目之間都不能再用頓號，須以逗
號分隔。試比較以下例句：

（3）參加這次會議的有特區政府官員，立法會建制、泛民
　　　及無黨派議員，各大專院校的校長、教授和行政人

員，中小學教師和已登記出席的公眾人士。✓
（4）參加這次會議的有特區政府官員、立法會建制、泛民
　　及無黨派議員、各大專院校的校長、教授和行政人
　　員、中小學教師和已登記出席的公眾人士。✗

　　例句共有五個並列項目，計為：一、"特區政府官員"；二、
"立法會建制、泛民及無黨派議員"；三、"各大專院校的校長、
教授和行政人員"；四、"中小學教師"；五、"已登記出席的公
眾人士"。第二和第三項是已用了頓號的並列短語，第四項是沒
有頓號的並列詞組，第一和第五項不含並列成分。現在整個句
子要把這五類參加者並列起來，他們之間就不能用頓號，必須
用逗號，如句（3）所示。如仍一律用頓號，則不能理順整句的
層次，導致表意不清，如句（4）。

互參
・前文：頓號用在句內並列或遞加項目之間，表示最短的
　　　　停頓，見頁 64-66 頓號功能第 1 項。
・後文：在並列項目之間選用分號、逗號和頓號的原則，
　　　　見頁 127-130 分號應用須知第 7 項。

3　恰當選用逗號和頓號
　　逗號和頓號都可以用於並列或遞加的詞和短語之間，表示
語音、語意的停頓。停頓時間越短，語速越快；停頓時間越
長，語速越慢。語速的快慢，能影響語意輕重和句構鬆緊。逗
號更可用於某些並列或遞加的分句之間，頓號則沒有這種用

法。以下先表列逗號和頓號這類用法的異同，再舉例子說明：

選用範圍	頓號	逗號
語音、語意停頓	✔ 短	✔ 較用頓號長
語速	✔ 快	✔ 較用頓號慢
語意	✔ 相對較輕	✔ 相對較重
並列或遞加結構	✔ 緊湊	✔ 不及用頓號緊湊
較短的（如單音節、雙音節）並列或遞加的詞或短語	✔ 詞或短語的音節越少越常用	✔ 一般較少用，表示着重或強調時可用。
較長的（如四音節以上）並列或遞加的詞或短語	✔ 一般較少用，表示緊湊語氣和結構時可用。	✔ 詞或短語的音節越多越常用
某些並列或遞加的分句	✘ 頓號不適用	✔ 可用於內部不含點號或只有頓號的分句之間

請比較以下各句組（為了加強說明效果，加寬了以逗號分隔的並列項目）：

（1）a. 在樹上、岸上、海面上都能發現白鷺的蹤影。

b. 在樹上， 岸上， 海面上都能發現白鷺的蹤影。

（2）a. 在樹上、在岸上、在海面上都能發現白鷺的蹤影。

b. 在樹上， 在岸上， 在海面上都能發現白鷺的蹤影。

以上句組（1）的介詞結構“在⋯⋯”內部並列的三項，是雙音節和三音節短語，一般多用頓號分隔，以較短的停頓和較快的語速表達一氣呵成的，較緊湊的整體意思，如句a。如要強調能發現白鷺蹤影的三個不同地點，則可用逗號分隔，通過較長的語音停頓，以較慢的語速令“樹上”、“岸上”、“海面上”三者相對獨立起來，以收強調效果，如句b。

　　句組（2）並列三個互相關連又相對獨立的介詞結構“在⋯⋯”，一般宜用逗號分隔，如句b。如要表示較緊湊的語意和語調，也可用頓號分隔，如句a。讀者不妨讀出以上兩個句組，以感受停頓長短和語速快慢產生的不同表意效果。

（3）a. 甚麼狂風、暴雨、大雪，都阻不了他。
　　　b. 甚麼狂風，　暴雨，　大雪，都阻不了他。

（4）a. 甚麼狂風、甚麼暴雨、甚麼大雪，都阻不了他。
　　　（並列複句）
　　　b. 甚麼狂風，　甚麼暴雨，　甚麼大雪，都阻不了他。

　　以上句組（3）以表示否定和不以為然意味的疑問代詞“甚麼”統攝後面三個並列的雙音節主語，一般多用頓號分隔，以較短的停頓和較快的語速表達一氣呵成的，較緊湊的整體意思，如句a。如要逐一強調這三個主語，則可用逗號分隔，通過較長的語音停頓，以較慢的語速令“狂風”、“暴雨”、“大雪”三者相對獨立起來，以收強調效果，如句b。

句組（4）並列三個互相關連又相對獨立的主語結構 "甚麼＋主語"，一般宜用逗號分隔，如句 b。如要表示較緊湊的語意和語調，也可用頓號分隔，如句 a。讀者不妨讀出以上兩個句組，以感受停頓長短和語速快慢產生的不同表意效果。

（5）a. 他們宗教信仰不同，但對於如何解決民生、社會、
　　　　經濟問題的看法卻一致。
　　　b. 他們宗教信仰不同，但對於如何解決民生，　社會，
　　　　經濟問題的看法卻一致。

（6）a. 他們宗教信仰不同，但對於如何解決民生問題、對
　　　　於如何解決社會問題、對於如何解決經濟問題，看
　　　　法卻一致。
　　　b. 他們宗教信仰不同，但對於如何解決民生問題，　對
　　　　於如何解決社會問題，　對於如何解決經濟問題，看
　　　　法卻一致。✔

　　以上句組（5）以一個介詞結構 "對於如何解決……問題" 作 "看法" 的定語。這結構內並列三個雙音節詞： "民生"、 "社會"、 "經濟"，一般多用頓號分隔，以較短的停頓和較快的語速表達一氣呵成的，較緊湊的整體意思，如句 a。如要逐一強調這三者，則可用逗號分隔，通過較長的語音停頓，以較慢的語速令 "民生"、 "社會"、 "經濟" 相對獨立起來，以收強調效果，如句 b。

至於句組（6）則並列三個介詞結構“對於如何解決……問題”作“看法”的定語。這三個介詞結構相對獨立，每個結構都長達十字，一般多用逗號分隔，如句 b。如要表示較緊湊的語意和語調，也可用頓號分隔，如句 a。讀者不妨讀出以上兩個句組，以感受停頓長短和語速快慢產生的不同表意效果。

（7）a. 媽媽提着的海鮮籃內有龍蝦、大蚶、花蟹。
　　　b. 媽媽提着的海鮮籃內有龍蝦，　大蚶，　花蟹。

（8）a. 媽媽提着的海鮮籃內有龍蝦、有大蚶、有花蟹。
　　　b. 媽媽提着的海鮮籃內有龍蝦，　有大蚶，　有花蟹。

以上句組（7）並列三個雙音節賓語“龍蝦”、“大蚶”、“花蟹”，一般多用頓號分隔，以較短的停頓和較快的語速表達一氣呵成的、較緊湊的整體意思，如句 a。如要逐一強調這三者，則可用逗號分隔，通過較長的語音停頓，以較慢的語速令“龍蝦”、“大蚶”、“花蟹”相對獨立起來，以收強調效果，如句 b。

至於句組（8）則須特別注意，因其可有兩種不同的結構分析：

第一種分析把“有龍蝦”、“有大蚶”、“有花蟹”視為由三個並列的三音節短語構成的一個謂語，即：

　　　　　　　　　　　　　一個謂語
媽媽提着的海鮮籃內　　有龍蝦＋有大蚶＋有花蟹

如按這種分析，三個並列短語之間可以用頓號，也可以用逗號，效果各有不同，類似情況已見上文說明。

第二種分析把"有龍蝦"、"有大蚌"、"有花蟹"視為三個獨立的謂語，後兩個謂語的主語承前省略，整個句子是由三個結構相同的分句組成的並列複句，即：

三個謂語

媽媽提着的海鮮籃內 有龍蝦 有大蚌 有花蟹。

如按這種分析，"有大蚌"和"有花蟹"之前，可以用逗號，不可以用頓號，因為頓號只用於分隔並列的詞和短語，不能分隔分句。這兩種分析方法目前仍有爭議，未有定論，讀者如有疑慮，可一律用逗號。

（9） a. 月色映照下的白沙灣，多麼優雅、清麗、迷人。

b. 月色映照下的白沙灣，多麼優雅， 清麗， 迷人。

（10） a. 月色映照下的白沙灣，多麼優雅、多麼清麗、多麼迷人。

b. 月色映照下的白沙灣，多麼優雅， 多麼清麗， 多麼迷人。

以上句組（9）並列三個雙音節謂語中心詞"優雅"、"清麗"、"迷人"，一般多用頓號分隔，以較短的停頓和較快的語速表達一氣呵成的，較緊湊的整體意思，如句 a。如要逐一強調這三者，則可用逗號分隔，通過較長的語音停頓，以較慢的語速令"優雅"、"清麗"、"迷人"相對獨立起來，以收強調效果，如句 b。

至於句組（10）則須特別注意，因其可有兩種不同的結構分析：

第一種分析把"多麼優雅"、"多麼清麗"、"多麼迷人"視為由三個並列的四音節短語構成的一個謂語，即：

一個謂語

月色映照下的白沙灣，多麼優雅＋多麼清麗＋多麼迷人。

如按這種分析，三個並列短語之間可以用頓號，也可以用逗號，效果各有不同，類似情況已見上文說明。

第二種分析把"多麼優雅"、"多麼清麗"、"多麼迷人"視為三個獨立的謂語，後兩個謂語的主語承前省略，整個句子是由三個結構相同的分句組成的並列複句，即：

三個謂語

月色映照下的白沙灣，多麼優雅 多麼清麗 多麼迷人。

如按這種分析，"多麼清麗"和"多麼迷人"之前，可以用逗號，不可以用頓號，因為頓號只用於分隔並列的詞和短語，不能分隔分句。這兩種分析方法目前仍有爭議，未有定論，讀者如有疑慮，可一律用逗號。

（11）a. 他的錢包裏只得三個硬幣，一個一元、一個五
　　　　毫、一個一毫。

　　　b. 他的錢包裏只得三個硬幣，一個一元，　一個五
　　　　毫，　一個一毫。✓

（12）a. 他們一缺天時、二缺地利、三缺人和，最終敗下
　　　　陣來。

　　　b. 他們一缺天時，　二缺地利，　三缺人和，最終敗下
　　　　陣來。✓

　　以上句組（11）和句組（12）中的是"總分複句"。句組
（11）是"先總後分"：前一分句"他的錢包裏只得三個硬幣"
總述情況；後面並列三個分句，分述"三個硬幣"具體所指。
後面並列的三個分句之間要用逗號（句 b），不用頓號（句 a）。
句組（12）是"先分後總"：前面並列三個分句，分述三個"敗
下陣來"的原因；後一分句總述"最終"的結果。前面並列的
三個分句之間，要用逗號（句 b），不用頓號（句 a）。

互參

- 前文：　頓號不宜用於較長並列成分之間。見頁 71-72 頓
　　　　　號應用須知第 4 項。

- 後文：　在並列項目之間選用分號、逗號和頓號的原則，
　　　　　見頁 127-130 分號應用須知第 7 項。

4　逗號用於帶有語氣詞的並列項目之間

在帶有語氣詞如"啦"、"呢"、"呀"的並列詞語之間，用逗號，不宜用頓號。試比較以下兩個句組（為了加強說明效果，加寬了以逗號分隔的並列項目）：

（1）a. 他是個運動健將，足球、籃球、排球、水球，無一不精。✓
　　　b. 他是個運動健將，足球，　籃球，　排球，　水球，無一不精。

（2）a. 他是個運動健將，甚麼足球啦、籃球啦、排球啦、水球啦，無一不精。
　　　b. 他是個運動健將，甚麼足球啦，　籃球啦，　排球啦，水球啦，無一不精。✓

句組（1）的並列雙音節詞並沒有帶語氣詞，可用頓號或逗號分隔，一般宜用頓號，原因已見上文應用須知第3項說明，於此不贅。句組（2）的並列詞由表示列舉不盡的代詞"甚麼"統攝，都帶語氣詞"啦"。語氣詞的作用是加重、延長語氣，因此在帶語氣詞的並列詞之間，宜用停頓較長的逗號，以作配合，不宜用停頓較短的頓號。

5　逗號用於帶"的"和"地"的並列項目之間

在帶有"的"字和"地"字的並列詞語之間，也宜用逗號，不宜用頓號。試比較以下各句組（為了加強說明效果，加寬了以逗號分隔的並列項目）：

（1）a. 晚霞映照下的油菜花田，是個紅彤彤、黃澄澄、綠油油的世界。✓

　　b. 晚霞映照下的油菜花田，是個紅彤彤，　黃澄澄，綠油油的世界。

（2）a. 晚霞映照下的油菜花田，是個紅彤彤的、黃澄澄的、綠油油的世界。

　　b. 晚霞映照下的油菜花田，是個紅彤彤的，　黃澄澄的，　綠油油的世界。✓

　　句組（1）三個並列定語"紅彤彤、黃澄澄、綠油油"只在最後一個帶語尾"的"字，可用頓號或逗號分隔，一般多用頓號，原因已見上文應用須知第 3 項說明，於此不贅。句組（2）三個並列定語則各自帶語尾"的"字。這個"的"字雖不是語氣詞，但在閱讀和朗讀時有間接紓緩語氣的效果。因此在帶語尾"的"字的並列或遞加定語之間，宜用停頓較長的逗號，以作配合，不宜用停頓較短的頓號。

（3）a. 一場春雨輕輕、細細、靜靜地滋潤着大地萬物。✓

　　b. 一場春雨輕輕，　細細，　靜靜地滋潤着大地萬物。

（4）a. 一場春雨輕輕地、細細地、靜靜地滋潤着大地萬物。

　　b. 一場春雨輕輕地，　細細地，　靜靜地滋潤着大地萬物。✓

句組（3）三個並列狀語"輕輕、細細、靜靜"只在最後一個帶語尾"地"字，可用頓號或逗號分隔，一般多用頓號，原因已見上文第 3 項說明，於此不贅。句組（4）三個並列狀語則各自帶語尾"地"字。這個"地"字雖不是語氣詞，但在閱讀和朗讀時有間接紓緩語氣的效果。因此在帶語尾"地"字的並列或遞加狀語之間，宜用停頓較長的逗號，以作配合，不宜用停頓較短的頓號。

　　以上各節較詳細比較說明了頓號和逗號的異同。讀者可嚴守"頓短逗長"的原則，逐一朗讀各節中例句，親自體會、感受頓號和逗號的微細差別對表情達意產生的不同效果。

6　逗號用於遞增定語的並列項目之間
　　並列的詞和短語如果有遞增的定語，令整個短語變長，則在並列項目之間宜用逗號分隔。請看以下句組（為了加強說明效果，加寬了以逗號分隔的並列項目）：

　　（1）a. 這次遠足，我帶了水、蕉、餅乾和巧克力。✓
　　　　　b. 這次遠足，我帶了水，　蕉，　餅乾和巧克力。

　　句組（1）的並列詞並沒有遞增的定語，它們之間可用頓號和逗號，一般多用頓號，如須強調每個並列的項目，則可用逗號。

（2）a. 這次遠足，我帶了兩瓶蒸餾水、四根"地捫"香蕉、三包燕麥餅乾和一盒黑巧克力。

b. 這次遠足，我帶了兩瓶蒸餾水，四根"地捫"香蕉，三包燕麥餅乾和一盒黑巧克力。✔

句組（2）在句組（1）的並列詞前分別遞增了不同的定語，構成了較長的短語，它們之間宜用逗號分隔。

互參

‧前文： 一、 頓號用在句內並列或遞加項目之間，表示最短的停頓，見頁 64-66 頓號功能第 1 項；

二、 頓號不宜用於較長並列成分之間，見頁 71-72 頓號應用須知第 4 項。

7 在序次語後選用逗號和頓號

在"第一"、"第二"、"第三"這類雙音節序次語和後面的文字之間，用逗號；在"一"、"二"、"三"這類單音節序次語和後面的文字之間，用頓號。整個句子並列項目之間的點號要跟這個逗號或頓號配合。試比較以下兩個句組：

（1）a. 動作分析：第一，推手；第二，呼吸；第三，踢腿。✔

b. 動作分析：第一、推手，第二、呼吸，第三、踢腿。✘

（2）a. 動作分析：一、推手，二、呼吸，三、踢腿。✓

　　　b. 動作分析：一、推手；二、呼吸；三、踢腿。✓

　　　c. 動作分析：一，推手；二，呼吸；三，踢腿。✗

　　以上兩個句組都以句a的點號運用和配合最為正確。第（1）組句a在“第一”之後用逗號，並列項目之間就用分號；第（2）組句a在“一”之後用頓號，並列項目之間就用逗號。第（2）組句b在並列項目之間用分號，也常見。至於第（1）組句b，在雙音節序次語之後用頓號，並不恰當；第（2）組句c，在單音節序次語之後用逗號，也不恰當。

互參

・前文：一、　頓號用在句內並列或遞加項目之間，表示最短的停頓，見頁 64-66 頓號功能第 1 項；

　　　　二、　頓號用於序次語和正文之間，見頁 68-69 頓號功能第 3 項；

　　　　三、　逗號用於雙音節序次語和正文之間，見頁 86-87 逗號功能第 5 項。

・後文：一、　括號標示序次語或序號，見頁 170-171 括號功能第 4 項；

　　　　二、　破折號標示列舉分承的項目，見頁 185 破折號功能第 8 項。

8　逗號不宜用於並列的英文字母和阿拉伯數目字之間

　　並列的英文字母和阿拉伯數目字之間，應該用頓號隔開，不宜用逗號。這跟英文的做法不同，英文裏沒有頓號，遇到這情況只能用逗號。中文裏則有比逗號更適合的頓號。請看以下兩組例子：

（1）a. 他在這張心意卡四個角上分別寫上了"L"、"O"、"V"、"E"四個英文字母。

　　　 b. 他在這張心意卡四個角上分別寫上了 L、O、V、E 四個英文字母。

　　　 c. 他在這張心意卡四個角上分別寫上了"L"，"O"，"V"，"E"四個英文字母。

（2）a. 我的"幸運號碼"是"0"、"1"、"8"和"13"。

　　　 b. 我的"幸運號碼"是 0、1、8 和 13。

　　　 c. 我的"幸運號碼"是"0"，"1"，"8"和"13"。

　　例（1）和例（2）的句 a 和句 b 都用頓號，句 a 的字母和數目字都加上引號，表示強調；句 b 則不特別強調字母和數目字，所以不加引號，兩種做法都常見。至於句 c，用逗號分隔並列的英文字母和數目字，這是英文的做法。在中文裏，一般不宜這樣。中文逗號的基本功能並非分隔並列的字詞，所以句 c 的逗號應改為頓號。不過，用逗號也不一定錯誤，在特殊情況下，例如要表示並列成分之間的較長停頓，選用逗號也是可以的。

9 避免濫用逗號

　　逗號是最常用的點號，由於使用方便，許多時會被濫用。最常見的情況是在一段文字裏全用上逗號，只在全段完結時才加上句號。這個問題已在討論句號應用時提及，請參看頁 25-27 句號應用須知第 3 項"提高句號運用的意識"。

（三）分號 ；

■ 定義

句內點號的一種，表示複句內部並列關係分句之間的停頓，以及非並列關係的多重複句中第一層分句之間的停頓。

■ 書寫規格

形　　式："；"。

佔用空間：一個漢字方塊。

位　　置：居左偏下，不出現在一行之首。

■ 功能

1　表示複句內並列分句之間的停頓。

1.1　第一組（用在句式對稱的並列分句之間）

（1）　香港精神，是拼搏的精神；香港精神，是通變的精神。

（2）　風啊，你是大自然的吹奏家；雨啊，你是大自然的敲擊手。

（3） 上血壓又稱收縮壓，是心臟收縮時的最高血壓；下血壓又稱舒張壓，是心臟舒張時的最低血壓。

（4） 有問題，我們繼續討論；沒問題，我們就散會了。

（5） 老師的關懷，打動了我；老師的訓誨，改變了我；老師的期望，造就了我。

補充說明

· "並列分句"指沒有主次之分的一組分句。這類分句，或敘述相關的幾種事物，或說明某事物的幾個方面。

· 以上五例在分號前後的，都是並列分句。它們無論內容和句式都相應和對稱。這類分句最易辨認，在分句之間，就以分號表示它們在整個複句中的停頓。

· 一個分號分隔兩個分句，兩個分號分隔三個分句。例（1）至例（4）都只有一個分號，全句共有兩個並列分句；例（5）有兩個分號，全句就有三個並列分句。

1.2 第二組（用在句式不對稱的並列分句之間）

（6） 河蝦味道清鮮，肉質幼滑，體型較小；肉厚而富彈性，體大而味濃的，則是海蝦。

（7） 工作的時候，李小姐無論衣着、打扮、儀態都很講究；一到假日，她就回復自我，以最真的面目示人。

（8） 成功是在失敗和挫折之後出現的天使；失敗和挫折，則是在理想前面出現的魔鬼。

（9） 自然資源匱乏，不一定會妨礙一個地區的發展；妨礙一個地區發展的，永遠是人的無知。

（10）以夜景聞名的維多利亞港，長久以來，令許多西方遊客慕名而至；自然景色秀美的西貢郊野，近年也引來了一批又一批的日本遠足愛好者。

補充說明

- 以上各複句中分號前後的分句，內容都相關、對應，但句式並不對稱。
- 這類分句較難辨認，須仔細分析、思考。
- 這類分句間的停頓，如改用逗號表示，就不容易顯出前後並列的關係；如改用句號，則變成兩句，前後的連繫就會減弱。分號的停頓時間介於逗號和句號之間，較能恰當地表達前後分句的並列關係。

2　表示複句內第一層次非並列分句之間的停頓。

2.1　第一組（用在轉折關係複句）

（11）聽說，人年紀大了，就會變得世故，變得通情達理；可是我不同意。

（12）那段痛苦的日子，我已經淡忘了，我也從沒跟人提起；不過偶然之間，我還會想起某些情景。

（13）"煙民"既知道吸煙有損健康，也明白吸煙危害他人；但是一提到戒煙，他們卻老大不願意。

（14）禮讓當然是一種美德；然而對那些貪得無厭、粗鄙無禮之徒，我定必"當仁不讓"，跟他們周旋到底。

（15）我有時候覺得這個聰明俊朗的年輕人有點囂張；不過，像他這樣的小伙子，哪個不帶點自負，哪個不帶點傲氣呢？

補充說明

・ 例（11）至例（15）分號前後的分句，具有轉折關係：
前面的分句提出了一種意思，後面的分句卻並不順着這
意思說下去，而是說出相反、相對的意思來。

・ 在這類分句之間，可以用分號，但並不一定非用不可。
不用分號，也可以用逗號，甚至句號。詳見下文應用須
知的討論。

2.2 第二組（用在因果關係複句）

（16）這位參賽者不僅技藝超群，台風也瀟灑優雅；因
此，評判都給他最高分數。

（17）這型號的電腦不但功能齊備，而且售價廉宜；所以
銷量是同類型電腦之冠。

（18）我歡迎批評，拒絕讚美；因為讚美只是錦上添花，
批評才是進步的動力。

（19）忽然間，烏雲四合，把整個城市壓在下面；明明是
中午時分，周遭卻昏暗得好像夜晚。

（20）他們的宣傳工作準備時間不足，又沒有明確的市場
導向，更缺乏雄厚財力支援；結果一敗塗地，被別
的公司搶去了大部分顧客。

補充說明

・ 例（16）至例（20）分號前後的分句，具有因果關係：
一個分句說明原因，另一個則說明結果。

・ 在這類分句之間，可以用分號，但並不一定非用不可。

不用分號，也可以用逗號，甚至句號。詳見下文應用須知的討論。

2.3 第三組（用在遞進關係複句）

（21）陳大明的表現雖然不理想，但他並沒有犯上嚴重錯誤；況且，他是個新人，我們還是多給他一次機會吧。

（22）殘害動物個案有增無減，乃因有關部門資源不足，至今仍未成立動物警察隊；更重要的是宣傳和教育成效不彰，不少人毫無尊重動物生命的意識。

（23）為了追尋夢想，她不惜散盡資財，不理家人反對，不怕任何困難；甚至賠上性命，也無怨無悔。

（24）家長應儘早為子女安排閱讀活動，幫助他們累積閱讀經驗，提高閱讀能力，發掘閱讀趣味；進而養成長期的閱讀習慣，達致終身閱讀的目標。

（25）這盒"雙喜牌老婆餅"沒標示生產商號的名稱，也沒印上生產地點；而且尋遍整個包裝盒，都找不到生產或最佳食用日期！

補充說明

- 例（21）至例（25）分號前後的分句，具有遞進關係：後面的分句較前面的分句，有更進一層的意思。
- 在這類分句之間，可以用分號，但並不一定非用不可。不用分號，也可以用逗號，甚至句號。詳見下文應用須知的討論。

2.4 第四組（用在其他邏輯關係複句）

（26）他這個時候不是在教室裏上課，就是在體育館裏打籃球；再不然，就是在超級市場裏當兼職。

（27）我們今天或者乘纜車上山頂，大伙兒逛逛凌霄閣，購物消閒；或者搭渡輪去長洲，到天后廟拜拜天后，燒香祈福。

（28）一隻小麻雀落在我窗前，停了一停，飛過去了；接着又是一隻，一停，又飛走了。

（29）我們收拾好行李，大清早就出發到城南；中午到了城南，在附近的小店隨便吃了些東西，繼續趕路。

（30）如果道歉不是出於真誠，只是逼不得已的交代；那麼，即使把話說得怎樣的漂亮動聽，把表情裝得怎樣難過懊惱，又有甚麼意義呢？

（31）參與這項建築工程的所有工人都必須戴上安全帽，穿上安全鞋，繫上安全帶；否則即時解僱，永不錄用。

補充說明

- 這組例子中分號前後的分句，具有各種邏輯關係。
- 例（26）和例（27）的分句具有選擇關係：分句提出不能並存的情況，任選其一。
- 例（28）和例（29）的分句具有承接關係：分句按時間、空間的順序，表達連續的動作或事情。
- 例（30）的分句具有假設關係：前面的分句提出假設，後面的分句指出結果。

- 例（31）的分句具有條件關係：前面的分句提出條件，後面的分句指出未能符合條件的結果。
- 以上各句的分號，都是用在複句的第一層次上。有關複句第一層次的劃分，詳見下文應用須知的討論。

互參

- 前文：一、 單句組合成複句的過程，見頁 17-20 句號功能第 1 項。

    二、 逗號用於複句中分句之間，見頁 87-88 逗號功能第 6 項。

- 後文：分句之間分號和逗號的層次關係，見頁 116-117 分號應用須知第 1 項。

3 　用於以序次語介引的並列項目之間，表明層次。

（32）促進身體健康的三大守則是：第一，注意飲食均衡；第二，保持心境開朗；第三，堅持體能鍛煉。

（33）展覽會內容項目包括：

　　一、 參展商商品陳列及銷售；
　　二、 業務推廣專題講座；
　　三、 年度營銷先鋒大賽；
　　四、 最佳展銷攤位選舉。

補充說明

- 分列項目通常採用兩種表達方式，第一種是常規句式，見例（32）；第二種是分行條列式，見例（33）。

- 常規句式如採用雙音節序次語，如"第一"等，在序次語之後要用逗號，並列的序次語之間用分號，見例（32）。
- 分行條列式的分列項目，無論採用雙音節序次語還是單音節序次語，序次語之間一律用分號，不用逗號。
- 分行條列式的分列項目中如果沒有任何點號，每個項目之後可以不加任何點號，上面例（33）也可寫成：

展覽會內容項目包括：
 一、參展商商品陳列及銷售
 二、業務推廣專題講座
 三、年度營銷先鋒大賽
 四、最佳展銷攤位選舉

互參
- 前文：一、頓號用於序次語和正文之間，見頁 68-69 頓號功能第 3 項；
   二、逗號用於雙音節序次語和正文之間，見頁 86-87 逗號功能第 5 項；
   三、在序次語後選用逗號和頓號，見頁 104-105 逗號應用須知第 7 項。
- 後文：一、括號標示序次語或序號，見頁 170-171 括號功能第 4 項；
   二、破折號標示列舉分承的項目，見頁 185 破折號功能第 8 項。

■ 應用須知

1　分句之間分號和逗號的層次關係

　　複句中所有的並列分句內如沒有點號，或只有頓號的話，分句之間用逗號分隔，不必用分號。如下圖所示：

　　句例：

（1）O 型血的人意志堅強，A 型血的人善解人意，B 型血的人平易親切，AB 型血的人感覺敏銳。

　　句（1）四個分句內都沒有點號，所以分句間用逗號就可以了。

（2）O 型血的人意志堅強、毅力驚人，A 型血的人善解人意，B 型血的人平易親切，AB 型血的人感覺敏銳、思想靈活。

　　句（2）四個分句中，第一和第四分句內有頓號，分句之間仍只須用逗號。

　　複句中只要任一並列分句內用了逗號，則分句之間須用分號分隔，不能再用逗號。如下圖所示：

句例：

（3）O型血的人意志堅強，處事永不言敗；A型血的人善解
人意，對人關懷體貼；B型血的人平易親切，待人友
善有禮；AB型血的人感覺敏銳，但有點神經質。

句（3）四個分句內都已用了逗號，所以分句間須用分號，
以顯示層次。

2　選用分號和句號

許多時，某些用了分號的地方，似乎也可以用句號。試比
較以下兩例：

（1）上血壓（收縮壓），是心臟收縮時的最高血壓；下血壓
（舒張壓），是心臟舒張時的最低血壓。

（2）上血壓（收縮壓），是心臟收縮時的最高血壓。下血壓
（舒張壓），是心臟舒張時的最低血壓。

現把這兩例的差異用下表顯示出來：

	例（1）	例（2）
句式	由兩個並列分句組成一個複句。	兩個結構相同的單句。
文字內容	完全相同	
點號運用	以分號分隔兩個分句。	以句號分隔兩個單句。
分句／單句間停頓	較例（2）短	較例（1）長
分句／單句間連繫	較例（2）強	較例（1）弱
表達效果	前後連貫性較強	各自獨立性較強

上表分析針對的只是書面表達情況，在口語裏，沒有人會清楚計算這些細微差異才開口講話。從這個角度看，分號和句號的"爭持"，在日常口語裏，是沒有多大意思的。不過，書面文字和標點，是讓"不在場"的讀者推想，重組，甚至"聆聽"作者口頭語言的重要媒介。許多人看書時，都會把文字和標點轉化為聲音與節奏，在腦海中迴響；有些人甚至會琅琅地誦讀出來。從這個角度看，仔細分析並掌握書面文字的結構和標點運用，也就顯得很有意思了。

上表分析分號和句號，再一次說明：點號運用有時不是對錯問題，而是選擇問題。上述例（1）和例（2）都是合法、合理的表達方式，因此，不宜簡單地說用分號才對，用句號不對。只能說一般較習慣用分號，但如為了強調兩句的各自獨立性，用句號也完全沒有問題。曾有人建議：凡是不肯定應否用分號的地方，乾脆改用句號。這個建議並非完全沒有根據。當然，最好的做法是在充分了解後，自行"選擇"，而不是以此為取巧、逃避的手段。一味盲目硬套的人，是無法掌握好分號用法的。

互參
‧前文：句號用於陳述句句末，見頁 17-20 句號功能第 1
　　項。

3　複句的層次劃分
　　分號功能第 2 項是"表示複句內第一層次非並列分句之間的

停頓"（頁 110-111）。所謂"第一層次"，涉及複句劃分問題。
請看以下一句：

聽說，他很能幹，待人也很真誠；可是我不覺得。

如果我們仔細分析這個複句，就會發現它是由兩個句子配
合關聯詞語"可是"組成的。這兩個句子是：

（1）聽說，他很能幹，待人也很真誠。
（2）（可是）我不覺得。

以上兩句，構成複句的第一層次；在這兩句之間就可以用
分號。如果我們再仔細看看這兩句，就會發現：句（1）本身已
是個複句，因為它還可以分成兩個單句；句（2）則是一個單
句。組成句（1）的單句是：

（3）（聽說，）他很能幹。
（4）（聽說，）他待人很真誠。

"聽說"是在句子結構之外的"獨立成分"（見頁 81-82 逗
號功能第 1 項第四組例句），這兩個單句以關聯詞"也"連接起
來，原來句（4）的主語"他"也就承前省略了。這兩個單句構
成了句（1），也構成了整個複句的"第二層次"；在這兩句之間
卻不可以運用分號。

以下用圖表顯示上面的分析：

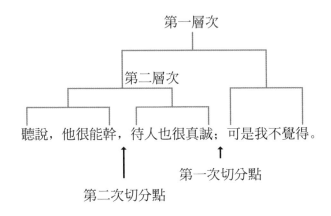

所謂"第一層次"，就是把複句作第一次切分而得出兩個相對獨立部分的層次，分號可以用在這兩個部分的切分點上。所謂"第二層次"，就是對在第一層次分開的兩個部分作第二次切分。在第二次切分點上，不可以用分號，否則，這個句子就變成：

聽說，他很能幹；待人也很真誠；可是我不覺得。

這樣，整個複句的層次就會被前一個分號混淆了。上文分號功能第 2 項例（11）至例（31）都是包含非並列分句的複句，這些複句的分號都是用在第一層次的切分點上。

4 複句內非並列分句間的分號運用問題

分號的主要功能是表示並列分句之間的停頓。複句內分句的關係多種多樣，概括而言，除了並列關係外，還有因果關係、轉折關係、遞進關係、假設關係等"非並列關係"。這裏以轉折關係為例，說明分句間分號的運用問題。

一般而言，在有轉折關係的分句之間，較少運用分號，因為句內的關聯詞語，有時已是第一層次的劃分指標。試比較以下兩組句子：

（1）a. 他樣貌平凡，說話還有點口齒不清，但他是我們這
　　　　裏最受歡迎的人。
　　　b. 他樣貌平凡，說話還有點口齒不清；但他是我們這
　　　　裏最受歡迎的人。

（2）a. 算算看吧，有媚笑，有冷笑，有無聊的笑，有自傲
　　　　的笑，有假笑，有狂笑，有敷衍的笑，可是，誰能
　　　　說清楚了甚麼是真笑？
　　　b. 算算看吧，有媚笑，有冷笑，有無聊的笑，有自傲
　　　　的笑，有假笑，有狂笑，有敷衍的笑；可是，誰能
　　　　說清楚了甚麼是真笑？

　　　　　　　　　　　　　　　　　　——老舍《新愛彌耳》

這是兩組表達轉折關係的複句。句（1）的關聯詞"但"和句（2）的關聯詞"可是"已能清楚顯示第一層次分句之間的切分點（轉折點）。因此，在"但"和"可是"之前，一般不必再加上分號，用逗號就可以了，兩組例句的句a都是沒有問題的。如果要更明確地強調分句之間的層次，就可以在"但"和"可

是"之前用分號，兩組例句的句b就顯示了更清晰的層次。特別是像第（2）組句b那種前一個分句較長的複句，在前後分句之間用分號顯示層次，是比較恰當的。

再看以下一個例子：

（3）我國年滿十八周歲的公民，不分民族、種族、性別、職業、家庭出身、宗教信仰、教育程度、財產狀況、居住期限，都有選舉權和被選舉權；但是依照法律被剝奪政治權利的人除外。

——《中華人民共和國憲法》第二章第三十四條

在嚴肅的法律文件裏，為了加強、突顯某些條文內容，在"但書"（法律條文中"但"字以下的部分，指出條文的例外情況）之前選擇加上一個分號，就能收到強調層次並提請注意的效果。這個位置如果仍用逗號，句子的層次就不夠明顯；如果改用句號，則又把前後緊密相連的兩部分分得太開。所以，最理想的點號，就是分號。

5　以分號隔開的並列分句內不能出現句末點號

分號是句內點號，以分號分隔的並列分句是整個複句的一部分，每個分句的內部都不能出現句末點號（句號、問號和嘆號），否則整個複句就會支離破碎。試比較以下三例加上底線的部分：

（1）這座新落成的"美食遊樂城"，為市民提供另一個消閒好去處。要品嚐各國佳餚嗎？請到東翼"美食天堂"惠顧別具特色的新概念食店；要飽覽香港全景嗎？請到主樓頂層"旋轉摩天台"盡情觀賞；要投入緊張刺激的機動遊戲世界嗎？請到西翼"遊樂中心"體驗個中滋味。✗

（2）這座新落成的"美食遊樂城"，為市民提供另一個消閒好去處。要品嚐各國佳餚嗎？請到東翼"美食天堂"惠顧別具特色的新概念食店。要飽覽香港全景嗎？請到主樓頂層"旋轉摩天台"盡情觀賞。要投入緊張刺激的機動遊戲世界嗎？請到西翼"遊樂中心"體驗個中滋味。✓

（3）這座新落成的"美食遊樂城"，為市民提供另一個消閒好去處。（如）要品嚐各國佳餚，請到東翼"美食天堂"惠顧別具特色的新概念食店；（如）要飽覽香港全景，請到主樓頂層"旋轉摩天台"盡情觀賞；（如）要投入緊張刺激的機動遊戲世界，請到西翼"遊樂中心"體驗個中滋味。✓

　　例（1）以兩個分號分隔三個並列"分句"，但這三個"分句"內部都出現了問號（句末點號），顛倒了點號運用的層次關係。這三個"分句"其實都不是分句，而是三個問句和兩個錯用了分號的答句（最後一個答句以句號作結，沒有問題）。因此，例（1）兩個分號都不對。要改正這類錯誤，可採用例（2）或例（3）的方法。

例（2）只改動點號，把兩個分號都改為句號，讓底線部分變成三組結構相似的問答句；例（3）改動文字和點號，刪去三個"嗎"字（可以在"要"字之前加上"如"字，不加也可以），再把問號改為逗號，這樣就可以保留原來的分號。三個並列分句都以"（如）要……請……"表示假設關係。

6　分行條列項目末尾的分號處理原則

一般而言，分行條列項目除最後一項以句號作結外，前面各項末尾都應加上分號，見上文分號功能第 3 項例（33）。這是分號運用的基本原則，但實際情況不一定如此。如果某項目內已用了分號或句末點號，則全組各項末尾的分號都要一致改為句號。不過，分行條列是為了拆分並逐一突出較多和較複雜的內容，讓讀者容易閱讀、理解並記憶。要達到這個目的，分列的項目應儘量精簡扼要，避免運用較長、較複雜的句式。條列項目如出現分號甚至句末點號，很可能是拆分未夠仔細的結果。如能把這類項目再拆分為兩個或以上的細項，則往往可以除掉項目內的分號或句末點號，不必把全組各項末尾的分號都改為句號。此外，各項目末尾的點號（除最後一項用句號外），必須統一，不能或有或無，也不能時用分號，時用句號。試比較以下三組內容相同的"過馬路守則"：

（1）過馬路守則：

一、選擇斑馬線或"綠色人像"燈號過路處等安全地
方橫過馬路。如找不到這些安全地方，則應另選
安全位置橫過馬路；

二、過馬路前必須站定，觀察路面交通情況。

三、小心聆聽

四、先讓駛近的車輛駛過，再小心觀察聆聽；

五、如沒有車輛駛近，便直線步過馬路；

六、過馬路時，仍須對路面情況保持警覺。

這組分行條列項目犯了誤用末尾點號和末尾點號不一致的
錯誤：第一項中已用了句號，末尾就不能用分號；第二項末尾
用句號，跟第一、四、五各項末尾的分號不一致；第三項末尾
沒有任何點號，也跟前後項目不一致。

（2）過馬路守則：

一、選擇斑馬線或"綠色人像"燈號過路處等安全地
方橫過馬路；如找不到這些安全地方，則應另選
安全位置橫過馬路。

二、過馬路前必須站定，觀察路面交通情況。

三、小心聆聽。

四、先讓駛近的車輛駛過，再小心觀察聆聽。

五、如沒有車輛駛近，便直線步過馬路。

六、過馬路時，仍須對路面情況保持警覺。

這是經過簡單修改的例子。先把第一項中的句號改為分號，再把末尾的分號改為句號，這樣，第一項的點號層次就給改正了。第一項末尾既已改用句號，餘下各項末尾也就必須一致改為句號，這樣，全組各項末尾的點號就統一起來了。

（3）過馬路守則：

　　　　一、　選擇斑馬線或"綠色人像"燈號過路處等安全地方橫過馬路；

　　　　二、　如找不到上述安全地方，應另選安全位置橫過馬路；

　　　　三、　過馬路前必須站定，小心聆聽，觀察路面交通情況；

　　　　四、　先讓駛近的車輛駛過，再小心觀察聆聽；

　　　　五、　如沒有車輛駛近，便直線步過馬路；

　　　　六、　過馬路時，仍須對路面情況保持警覺。

這是經過較仔細修改的例子。在原來第一項的句號位置把第一項一分為二，除掉第一項中的句號，讓第一項末尾仍用分號；餘下部分獨立成為新的第二項，末尾仍用分號。把原來意思密切相關的第二項和第三項合起來，成為新的第三項，餘下各項不變。經過這樣改動後，除最後一項外，前面各項均以分號隔開，符合分行條列點號運用基本規格，每項文句長短也不致相差太大。

7　在並列項目之間選用分號、逗號和頓號的原則

　　上文在頓號、逗號和分號各章節已舉例說明了並列項目之間如何選用恰當的點號，現於此作一總結，請先看下表：

並列項目	頓號	逗號	分號
（1）並列詞	✓停頓時間短	✓停頓時間較長	✗
（2）並列短語（內部無點號）	✓停頓時間短	✓停頓時間較長	✗
（3）並列短語（內部已有頓號）	✗	✓	✗
（4）並列分句（內部無點號）	✗	✓停頓時間短	✓停頓時間較長
（5）並列分句（內部已有頓號）	✗	✓停頓時間短	✓停頓時間較長
（6）並列分句（內部已有逗號）	✗	✗	✓

以下就上面六種情況各舉一例：

（1）並列詞之間可用頓號或逗號

　　a. 香港許多中學都把學生編進紅、黃、藍、綠四社，以便安排課外活動。

　　b. 香港許多中學都把學生編進紅，黃，藍，綠四社，以便安排課外活動。

　　以上句a四社之間停頓時間短，句b則較長。一般慣用頓號，但也可用逗號。

（2）內部無點號的並列短語之間可用頓號或逗號

    a. 想不到香港也有不少博物館，在尖東的"歷史博物館"、在鯉魚門的"海防博物館"、在沙田的"文化博物館"、在大埔的"鐵路博物館"，精彩紛陳，值得參觀。

    b. 想不到香港也有不少博物館，在尖東的"歷史博物館"，在鯉魚門的"海防博物館"，在沙田的"文化博物館"，在大埔的"鐵路博物館"，精彩紛陳，值得參觀。

以上句 a 四館之間停頓時間短，句 b 則較長，兩者均可。

（3）內部已有頓號的並列短語之間用逗號

    a. 港鐵站我最有印象的是港島線的堅尼地城、香港大學、西營盤站，荃灣線的旺角、太子、深水埗站，觀塘線的黃埔和何文田站，將軍澳線的坑口站。✓

    b. 港鐵站我最有印象的是港島線的堅尼地城、香港大學、西營盤站、荃灣線的旺角、太子、深水埗站、觀塘線的黃埔和何文田站、將軍澳線的坑口站。✗

以上句 a 四線車站之間只能用逗號，句 b 並不正確。

（4）內部無點號的並列分句之間用逗號或分號

    a. 今天公眾假期，我在家看足球比賽，妹妹約了同學

逛街，媽媽到朋友家打麻將，爸爸陪爺爺探望他的
老友。

b. 今天公眾假期，我在家看足球比賽；妹妹約了同學
逛街；媽媽到朋友家打麻將；爸爸陪爺爺探望他的
老友。

以上句a四人活動之間停頓時間較短，句b則較長。一
般用逗號，也可用分號。

（5）內部已有頓號的並列分句之間用逗號或分號
a. 今天公眾假期，我在家看足球比賽，妹妹約了同學
<u>逛街、購物、吃飯</u>，媽媽到朋友家打麻將，爸爸陪
爺爺探望他的老友。

b. 今天公眾假期，我在家看足球比賽；妹妹約了同學
<u>逛街、購物、吃飯</u>；媽媽到朋友家打麻將；爸爸陪
爺爺探望他的老友。

以上句a四人活動（妹妹一句內含頓號）之間停頓時
間較短，句b則較長。一般用逗號，也可用分號。

（6）內部已有逗號的並列分句之間用分號
a. 香港四季分明，春季和暖，平均氣溫攝氏 17 至 26
度；夏季炎熱，平均氣溫攝氏 26 至 31 度；秋季舒
爽，平均氣溫攝氏 19 至 28 度；冬季清涼，平均氣
溫攝氏 12 至 20 度。✓

b. 香港四季分明，春季和暖，平均氣溫攝氏 17 至 26 度，夏季炎熱，平均氣溫攝氏 26 至 31 度，秋季舒爽，平均氣溫攝氏 19 至 28 度，冬季清涼，平均氣溫攝氏 12 至 20 度。

以上句 a 四季之間用分號，結構層次清晰；句 b 用逗號，結構層次不夠清晰。

互參

· 前文： 一、 頓號不宜用於較長並列成分之間，見頁 71-72 頓號應用須知第 4 項；

二、 逗號和頓號的運用層次，見頁 91-93 逗號應用須知第 2 項；

三、 恰當選用逗號和頓號，見頁 93-100 逗號應用須知第 3 項。

（四）冒號 ：

定義

句內點號的一種，表示語段中提示下文或總結上文的停頓。

書寫規格

形　　式："："。

佔用空間：一個漢字方塊。

位　　置：居左偏下，不出現在一行之首。

功能

1　用於提示性詞語之後，以較長的停頓提引下文。

1.1　第一組（用於提示直接引語的詞語之後）

（1）　某機構刊登廣告說："只要有夢想，凡事可成真。"

（2）　孔子曰："非禮勿視，非禮勿聽，非禮勿言，非禮勿動。"

（3）　走了一會，我忍不住問："你剛才為甚麼這樣無禮？"

（4）　她不耐煩地答道：“這與你無關！”

（5）　李先生暴跳如雷，向着面前的售貨員怒吼：“你這個王八蛋！”

補充說明

- “提示性詞語”指提起下文的詞語。冒號用在提示性詞語之後，通過較長的停頓提出下文，引起注意。
- 例（1）至例（5）的“說”、“曰”、“問”、“道”、“吼”都是用於直接引錄的提示性詞語，冒號後面的直接引語須加上引號。

互參

- 後文：引號標示引語和引文內容，見頁 145-146 引號功能第 1 項。

1.2　第二組（用於提示間接引語的詞語之後）

（6）　醫學研究和無數醫療個案都證明：吸煙危害健康。

（7）　兒童心理學家指出：在父母溺愛中成長的兒童，應付困難的能力較低。

（8）　化驗結果發現：所有深海珊瑚魚的樣本都含有雪卡毒素。

（9）　經過詳細討論，委員會認為：黃醫生並沒有犯上專業錯誤。

（10）教育署宣布：由於風暴襲港，所有學校全日停課。

補充說明

- 例（6）至例（10）的"證明"、"指出"、"發現"、"認為"、"宣布"都是提示性詞語，後面用冒號以較長的停頓引出下文。

- 上面五例冒號後面的都不是直接引語，不須加上引號。

互參

- 前文：逗號表示動詞和賓語之間的停頓，見頁79-80逗號功能第1項第二組例句。

- 後文：恰當選用冒號和逗號，見頁138-139冒號應用須知第2項。

1.3 第三組（用於判斷詞"是"之後）

（11）運輸署的道路安全宣傳口號是：車禍害人，影響一生。

（12）我的想法是：先把母親接回家，再勸她接受手術。

（13）老師送給我的五個字是：不要怕吃虧。

（14）粵式歇後語"床下底破柴"的意思是：撞板。

（15）無論記者怎樣追問，這位官員的答案都是：無可奉告。

補充說明

- 例（11）至例（15）都在判斷詞"是"後面加上冒號，以較長的停頓產生提示並強調下文的效果。

互參

・後文：破折號用於標示開展性質或總結性質的下文，見
頁 181-182 破折號功能第 3 項。

2　用在總括式話語之後或之前，提請注意。

（16）膽固醇分為兩類：一類是高密度膽固醇，另一類是
低密度膽固醇。

（17）我們公司有三不賣：一不賣假貨，二不賣次貨，三
不賣水貨。

（18）中國傳統經典，有所謂十三經，指的是：《易經》、
《書經》、《詩經》、《周禮》、《儀禮》、《禮記》、《春
秋左傳》、《春秋公羊傳》、《春秋穀梁傳》、《論
語》、《孝經》、《爾雅》、《孟子》。

（19）勇於嘗試，不怕失敗；遇強越強，不怕挑戰；刻苦
奮鬥，不怕艱辛：這三點就是他們致勝的關鍵。

（20）百慕達三角的神祕失蹤事故和復活節島上巨型石像
的由來，都教人百思不得其解：世事真是無奇不有。

補充說明

・"總括式話語" 指總括說明的話語，可以出現在句前，也
可以出現在句後。出現在句前的如例（16）"……分為兩
類"、例（17）的 "……有三不賣"、例（18）的
"……有所謂十三經，指的是"；出現在句後的如例
（19）"這三點就是……" 和例（20）的 "世事……"。

- 例（16）至例（18）是先總說後分說，冒號前後兩部分有"總分關係"。
- 例（19）至例（20）是先分說後總說，冒號前後兩部分有"分總關係"。

互參
- 後文：破折號用於標示開展性質或總結性質的下文，見頁 181-182 破折號功能第 3 項。

3 用在啟告語和稱呼語之後，提引下文。

（21）敬啟者：

（22）陳大文先生台鑒：

（23）各位先生、女士：

補充說明
- "啟告語"泛指在書信開始部分表示陳述的用語，"稱呼語"泛指在書信、演講開始部分稱呼對方的用語。
- 例（21）是啟告語，例（22）和例（23）是稱呼語。
- 例（21）至例（23）的冒號是標示符號，表示後有正文。這類冒號並不發揮"句內點號"的功能，因為在冒號後面的，並不是完整句子的餘下部分，而可以是一整篇獨立的文章。

4 用在各類提示語或提請注意的話語之後，引起下文。

（24）有研究指出，不同顏色可以引起不同情緒。例如：

1.　紅色引發激情

……（一段說明文字）

2.　藍色觸動愁緒

……（一段說明文字）

（25）濫用頓號會導致錯誤，試比較以下兩個句組：

一、 青少年是社會的未來主人翁。✓

青、少年是社會的未來主人翁。✗

二、 這兩個搗蛋鬼，外號是"大小不良"。✓

這兩個搗蛋鬼，外號是"大、小不良"。✗

補充說明

· "提示語"指"例如"、"如下"等引出下文的詞語，見例（24）；"提請注意的話語"指"試比較以下兩個句組"、"請看以下各項"、"我們的建議包括"等提示或請求讀者閱讀下文的句子，見例（25）。

· 冒號這時並不發揮"句內點號"的功能，而變成標示下文的符號。這種冒號所標示的範圍按個別情況而定。

■ 應用須知

1　前置式和前後並置式直接引語不用冒號提引

冒號的基本功能是提引下文，常用在提示語如"說"、"道"之後，引出直接引語（見冒號功能第 1 項第一組例句）。換言之，冒號是提引"後置式"直接引語的點號。在實際寫作中，還有"前置式"和"前後並置式"直接引語，前者出現在提示語之前，後者則出現在提示語的前和後。採用這兩種引語形式時，在"說"、"道"等提示語之後，都不可以用冒號。試比較以下三組例句：

（1）後置式直接引語
　　主席鄭重地說："我現在宣布，第一屆全港學生才藝大賽正式開始。"✓

（2）前置式直接引語
　　a."我現在宣布，第一屆全港學生才藝大賽正式開始。"主席鄭重地說：✗
　　b."我現在宣布，第一屆全港學生才藝大賽正式開始。"主席鄭重地說。✓

（3）前後並置式直接引語
　　a."我現在宣布，"主席鄭重地說："第一屆全港學生才藝大賽正式開始。"✗
　　b."我現在宣布，"主席鄭重地說，"第一屆全港學生才藝大賽正式開始。"✓

　　例（1）是最常見的直接引語後置形式，在提示語"說"之後用冒號。例（2）是直接引語前置的形式：在提示語"說"之後，如沒有其他句子成分，則須用句號作結（見句b），不能用冒號（見句a）。例（3）是直接引語前後並置的形式：在提示語"說"之後，要用逗號（見句b），不能用冒號（見句a）。因為引語的一部分已置於句前，"說"字之後是引語的延續，不是引語的開始。如用冒號，就會把原本的一句話割裂成不相關的兩部分，令前置部分變成“無主孤魂”了。

2 恰當選用冒號和逗號

在以“說明”、“指出”、“證實”、“是”等引起下文的提示語之後，不一定要用冒號，用逗號也是可以的，有時甚至可以不用點號。試比較以下三句：

（1）醫生指出：“推脂”和“搣脂”都不能消除多餘的脂肪。

（2）醫生指出，“推脂”和“搣脂”都不能消除多餘的脂肪。

（3）醫生指出“推脂”和“搣脂”都不能消除多餘的脂肪。

語言文字可以有不同表達方式，標點符號也一樣。以上三句，都是合情合理的表達形式。第一句用冒號，以較長停頓達到強調下文的目的；第二句用逗號，以普通停頓，帶出下文，強調程度較低；第三句沒有句內停頓，語流一氣連貫，重視信息整體表達多於強調信息某一內容。如果把句中“推脂”和“搣脂”的引號都除去，書面上所有強調標誌也就完全消失，句子語氣就更平淡了。這是對無聲而靜止的書面語作簡單分析。在口語裏，說話人可以通過輕重音、語調、表情和動作變化對這句話作不同程度調整。可見標點符號跟語言一樣，很有彈性；運用標點跟運用語言一樣，要懂得靈活變通。

互參

・前文：一、 逗號表示動詞和賓語之間的停頓，見頁
79-80 逗號功能第 1 項第二組例句；

二、 冒號用於提示性詞語之後，見頁 132-133 冒
號功能第 1 項第二組例句；

3　冒號的特殊用法

冒號是個特殊用法頗多的點號（符號），其特別之處，除了
功能第 3 項和第 4 項的"非句內點號"用法外，還表現在以下幾
方面：

（1）用於分隔時、分、秒。例如：

11：32：54（十一時三十二分五十四秒）

（2）用在書目或文獻資料項中，隔開作者和書名。例如：

房玉清：《實用漢語語法》

（3）用在書目或文獻資料項中，隔開出版城市和出版社。
例如：

……北京：商務印書館

（4）用在詞典的條目說明中，隔開釋義項和例子。例如：

冒 ❶ 向外透；往上升：冒煙｜冒泡｜冒汗

——《現代漢語詞典》（繁體字版）

（5）用在引錄《聖經》原文中，隔開章和節。例如《馬太
福音》第七章第一至四節的標示形式是：

《馬太福音》7：1-4

第二章

標號

標號是標示句子裏各種語言成分的性質、作用和關係的符號。常用的標號有引號、括號、破折號、省略號、書名號、專名號、連接號、間隔號、着重號九種。有些標號如破折號、省略號、連接號和間隔號，兼有表示停頓的作用。

（香港常用「　」）

（一）引號 “　”

■ **定義**

　　標號的一種，標示語段中直接引用的內容或需要特別指出的成分。

■ **書寫規格**

形　　式：“　”（雙引號）、‘　’（單引號）。

佔用空間：前後引號各佔一個漢字方塊。

位　　置：前引號居右偏上，後引號居左偏上；前引號不出現在一行之末，後引號不出現在一行之首。

注意事項：引號通常都是一對一對地運用的，前面的一半稱為“前引號”，後面的一半稱為“後引號”。香港目前較流行的橫排式引號寫法是：「　」（單引號）、『　』（雙引號）。

■ **功能**

　　以下各例句，先標示內地規範用法，再以括號標示香港通行用法。

1 標示引語和引文內容。

（1） 港鐵發言人說："由四月一日起，取消繁忙時間乘車優惠。"

（港鐵發言人說：「由四月一日起，取消繁忙時間乘車優惠。」）

（2） 主任滿面通紅，拍案大叫："出去！"

（主任滿面通紅，拍案大叫：「出去！」）

（3） 荀子說："鍥而不舍，金石可鏤。"可見努力不懈是成功之道。

（荀子說：「鍥而不舍，金石可鏤。」可見努力不懈是成功之道。）

（4） "請說說你的優點和缺點。"面試委員會主席對我說。

（「請說說你的優點和缺點。」面試委員會主席對我說。）

（5） 香港中文大學的校訓是"博文約禮"，香港大學的校訓是"明德格物"，香港浸會大學的校訓是"篤信力行"。

（香港中文大學的校訓是「博文約禮」，香港大學的校訓是「明德格物」，香港浸會大學的校訓是「篤信力行」。）

（6） 老師在紀念冊上寫上了"德不孤，必有鄰"六個字。

（老師在紀念冊上寫上了「德不孤，必有鄰」六個字。）

補充說明

- 例（1）至例（4）是直接引語，例（5）和例（6）是引文。
- 內地規範的引號形式跟香港的不同，須特別注意。詳見下文應用須知。

2　標示須強調的句子成分。

（7）　當"黑色暴雨警告"發出時，全港學校都會停課。

（當「黑色暴雨警告」發出時，全港學校都會停課。）

（8）　"智商"有許多種，其中"情緒智商"成為最近的熱門話題。

（「智商」有許多種，其中「情緒智商」成為最近的熱門話題。）

（9）　蒸餾水的"餾"字，不可以寫成"溜"；把"餾"寫成了"溜"，是寫了"別字"。

（蒸餾水的「餾」字，不可以寫成「溜」；把「餾」寫成了「溜」，是寫了「別字」。）

（10）這個大型住宅採用了"智能家居"設計。

（這個大型住宅採用了「智能家居」設計。）

（11）現在流行的"纖體"，其實即是"減肥"的美稱。

（現在流行的「纖體」，其實即是「減肥」的美稱。）

（12）"撲通——撲通——撲通——"，三隻青蛙先後跳進水裏去了。

（「撲通——撲通——撲通——」，三隻青蛙先後跳進水裏去了。）

（13）一陣風吹過，窗前的風鈴 "叮叮噹噹" 響個不停。

（一陣風吹過，窗前的風鈴「叮叮噹噹」響個不停。）

補充說明

- 例（7）至例（11）的引號標示專有名詞和特定詞語，強調所標示的內容；例（12）和例（13）的引號標示象聲詞，強調所標示的聲音。

- 這些引號都不一定要加上，加與不加，視乎寫作目的、寫作對象和文章的上下文而定，不能一概而論，詳見下文應用須知第 6.1 項。

- 引號這種用法，應適可而止，注意節制。基本原則是：應多用則不避多，應少用則儘量少。例（9）共用了五個引號，都有實際需要，因此不算太多。

互參

- 後文：一、 恰當區別和選用書名號和引號，見頁 216-219 書名號應用須知第 4 項。

  二、 以書名號、引號和間隔號標示與文字媒體相關的內容，見頁 230-239 書名號應用須知第 8 項。

3　標示有特殊意義或特殊用法的句子成分。

（14）每年五月，十多萬會考生都抱着緊張的心情奔赴 "戰場"。

（每年五月，十多萬會考生都抱着緊張的心情奔赴「戰場」。）

（15）"這是我的'戰利品'！"陳先生指着他的太太對我說。

（「這是我的『戰利品』！」陳先生指着他的太太對我說。）

（16）放了一星期假，肚皮竟"自我增值"了不少！

（放了一星期假，肚皮竟「自我增值」了不少！）

（17）聽完這位"教授"的"偉論"，我和大明不禁相視而笑。

（聽完這位「教授」的「偉論」，我和大明不禁相視而笑。）

（18）這群七八十歲的"小朋友"，教我不能不相信世上真有返老還童這回事。

（這群七八十歲的「小朋友」，教我不能不相信世上真有返老還童這回事。）

補充說明

· 例（14）的"戰場"、例（15）的"戰利品"、例（16）的"自我增值"都把本來用於別的場合的詞語移用到句子中，產生特殊意義和效果。

· 例（17）的"教授"和"偉論"，是諷刺用法。

· 例（18）的"小朋友"，是反義用法。

· 例（15）顯示了兩層引號的配合運用，內地規範用法跟香港用法剛好相反，須特別注意。詳見下文應用須知。

4　　標示諧音雙關的詞語。

（19）老張今天＂氣管炎＂，不能來了。

　　　　（老張今天「氣管炎」，不能來了。）

（20）我們今晚一起去＂犯罪現場＂喝個痛快，不醉無
　　　歸！

　　　　（我們今晚一起去「犯罪現場」喝個痛快，不醉無
　　　　歸！）

（21）現凡惠顧＂餓抵＂經典茶餐，即有機會贏取電影
　　　《臥底》戲票兩張。

　　　　（現凡惠顧「餓抵」經典茶餐，即有機會贏取電影
　　　　《臥底》戲票兩張。）

（22）疏忽＂盜至＂爆竊發生。

　　　　（疏忽「盜至」爆竊發生。）

（23）因＂荷＂而得＂藕＂？有＂杏＂不須＂梅＂。

　　　　（因「荷」而得「藕」？有「杏」不須「梅」。）

補充說明

- 例（19）的＂氣管炎＂跟＂妻管嚴＂諧音。例（20）的
　＂犯罪現場＂跟一家名為＂販醉現場＂的酒館諧音。這
　兩例都是普通話諧音。

- 例（21）的＂餓抵＂經典茶餐是香港某連鎖快餐店推銷
　的套餐。＂餓抵＂跟＂臥底＂諧音。例（22）是香港警
　務處防盜海報標語，＂盜至＂跟＂導致＂諧音。這兩例
　都是粵語諧音。

- 例（23）的＂荷＂、＂藕＂、＂杏＂、＂梅＂分別跟＂何＂、

"偶"、"幸"、"媒"諧音。原對即"因何而得偶？有幸不須媒"。這個例子普通話和粵語都諧音。

5　標示引錄的原文段落。

（24）《現代漢語詞典（1978年第1版）‧前言》第一段說：

　　　　"這部《現代漢語詞典》是以記錄普通話語匯為主的中型詞典，供中等以上文化程度的讀者使用。詞典中所收條目，包括字、詞、詞組、熟語、成語等，共約五萬六千餘條。"

（25）民政事務總署出版了《香港十八區旅遊指南》，署長在《序言》中說：

前引號 →　　"踏入這個由龍年帶領的新千年，我非常欣慰能向各位推介這套新版的香港十八區旅遊指南。

　　　　"龍，在中國傳統文化中象徵豐盛的力量、無盡的生機和吉祥，亦包含了靈活應變的精神。香港，就正像龍一樣；多元化、朝氣蓬勃、幹勁沖天、反應快捷。

　　　　"如果你希望一睹真正的香港風貌，我會向你高度推介這本旅遊指南。不論你是否初次踏足香港，這本新的旅遊小冊子都會令你認識多一些香港特別行政區的歷史及風貌。"

後引號

補充說明

- 引錄原文一段時，在原文前加前引號，在原文後加後引號，見例（24）。

- 連續引錄原文多於一個段落時，在每個段落的開始加前引號，而只在最後一個段落的結尾加後引號，見例（25）。即前引號數目等於引錄段落數目，後引號則只用一個。圖示如下：

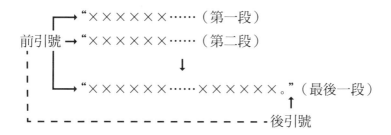

互參

- 後文：省略號用於省略引文段落，見頁 207-208 省略號應用須知第 3 項。

■ 應用須知

1 **兩地橫式引號的不同寫法**

香港目前流行的橫式引號有兩種：一、單引號（「　」）；二、雙引號（『　』）。這種形式跟目前內地的規範形式不同。內地橫式引號也有兩種：一、雙引號（"　"）；二、單引號（'　'）。兩地引號書寫形式完全不同，須特別注意。

2 兩地橫式引號的不同用法

內地第一層引號（常用引號）是雙引號，香港第一層引號（常用引號）卻是單引號。由於第一層引號不同，導致第二層引號也不同：內地第二層引號是單引號，香港第二層引號則是雙引號。以下表列兩地引號的不同用法：

地區	第一層引號	第二層引號	兩層套用形式
內地	雙引號 " "	單引號 ' '	雙引號在外，單引號在內。" ' ' "
香港	單引號「 」	雙引號『 』	單引號在外，雙引號在內。「『 』」

再比較兩組例句：

（1）陳先生抱怨說："這事你不早對我說，現在出了問題才'提醒'我，這叫'事後孔明'，完全幫不了忙。"（內地規範用法：第一層雙引號，第二層單引號。）

陳先生抱怨說：「這事你不早對我說，現在出了問題才『提醒』我，這叫『事後孔明』，完全幫不了忙。」（香港流行用法：第一層單引號，第二層雙引號。）

（2）《新約聖經・約翰福音》第十四章第六節說："耶穌說：'我就是道路、真理、生命。若不藉着我，沒有人能到父那裏去。'"（內地規範用法：第一層雙引號，第二層單引號。）

《新約聖經・約翰福音》第十四章第六節說：「耶穌說：『我就是道路、真理、生命。若不藉着我，沒有人能到父那裏去。』」（香港流行用法：第一層單引號，第二層雙引號。）

內地這種橫式引號用法，跟英式標點一致，與國際用法接軌。香港的引號用法，則跟直排引號用法一致。（內地直排引號跟橫排式引號不一致，內地直排引號跟香港的相同。）兩種形式，各有優點。在不須強調內地規範用法的場合，可採用香港慣用的引號形式。

3　橫排和直排文字引用英文時的引號書寫規格

《中華人民共和國國家標準・標點符號用法》規定，橫排引號書寫形式是 " "，這跟英文引號一致，在套用和獨立引用英文詞句時，較為方便。直排引號書寫形式則是「」，或會產生一點問題。先討論橫排套用的情況：

（1）a. 莎士比亞筆下 "Love is merely a madness" 一語，真是妙不可言。（內地引號）

　　　b. 莎士比亞筆下"Love is merely a madness"一語，真是妙不可言。（英式引號）

　　　c. 莎士比亞筆下「Love is merely a madness」一語，真是妙不可言。（港式引號）

上面句a顯示內地中式引號規範用法（中式引號為全形符號），句b顯示英式引號用法（英式引號為半形符號）：兩者佔用空間不同，但基本形狀一致。句c顯示港式引號用法，港式引號形狀跟內地中式引號和英文引號形狀都不同。在中文行文中套用英文語句時，應該用中式或港式引號還是英式引號？這問題目前似無定論。以下僅提供參考意見。上例引號是中文行文一部分，用以標示套用的英文語句。換言之，上例英文以外的行文部分，包括標點，都屬中文範圍。據此，上例中句 a 和句 c 都是合理選擇，句 b 不恰當。以下是直排式：

（2）a.

莎士比亞筆下 "Love is merely a madness" 一語，真是妙不可言。

b.

莎士比亞筆下 ［Love is merely a madness］一語，真是妙不可言。

句 a 借用英式引號，如只局部截取句中引號和英文原句，在視覺上較句 b 自然，但從整個句子和中文行文角度看，則不合理。原因正如上文橫排式的說明：要套用的只是英文原句，不是英式引號；而且直排中文本身既已有引號，就沒有必要借用英式引號了。句 b 以直排中文原有的引號引出英文原句，發揮中文引號的基本功能，是合理做法。因此，句 b 的處理方法較句 a 恰當。

至於獨立引用的情況，則較為複雜。除上文已討論的引號外，還要考慮後引號前的句號問題。請看以下兩組橫排例句（據上文分析已排除運用英式引號的例子）：

（3）a. 莎士比亞說："Love is merely a madness."（引語用英式句號）
　　　b. 莎士比亞說："Love is merely a madness。"（引語用中式句號）
（4）a. 莎士比亞說：「Love is merely a madness.」（引語用英式句號）
　　　b. 莎士比亞說：「Love is merely a madness。」（引語用中式句號）

第（3）組例句中的引號，用中式全形符號；第（4）組例句中的引號，是港式引號，上文已討論。至於後引號前的句號，應該用英式句號（見兩組句 a）還是中式句號（見兩組句 b）的問題，目前似無定論。以下僅提供參考意見。標點符號和語言緊密結合：在中文行文中引用英文語句，涉及兩種語言和跟這兩種語言緊密結合的兩套標點符號。用於標示所引英文語句的引號，是中文行文的一部分；用於標示所引英文語句本身語氣和語意停頓的標點符號，則是英文行文的一部分。準此可知：在中文行文中，凡屬英文語句以外的行文部分，都應使用中式或港式標點（已見上文討論）；凡屬英文語句本身的行文部分，則應使用英式標點。上面兩組例句中的句 a 都使用了屬於英文"Love is merely a madness"本身一部分，表示語氣和語意完結的英式句號（fullstop），在理論上較句 b 合理。因此本書建議獨立引用英文語句時，在中式後引號之前使用英式句號，即兩組句 a 的標示方式。

再看直排例句：

（5）a.

莎士比亞說：

"Love is merely a madness."

b.

莎士比亞說：

［Love is merely a madness.］

c.

莎士比亞說：

［Love is merely a madness。］

句 a 借用英式引號和使用英式句號，句 b 沿用中式引號和保留英式句號，句 c 沿用中式引號和中式句號。按照上文的分析說明，本書建議採用句 b 的標示方式。

互參
- 後文：選用句內括號和句外括號，見頁 176-177 括號應用須知第 3 項。

4　恰當取捨後引號前引文的句末點號
4.1　保留獨立引文的句末點號

當獨立完整地引錄原來的一句話或一段文字時，原句句末點號（句號、問號、嘆號）應保留在後引號之內。例如：

（1）孔子說："己所不欲，勿施於人。"
（2）"放開心情，把這場球賽打好。"教練對我們說。
（3）惠子對莊子說："子非魚，安知魚之樂？"
（4）"南丫島有公眾游泳池嗎？"張小姐邊看着地圖邊問。
（5）孟子告訴莊暴："王之好樂甚，則齊國其庶幾乎！"
（6）"不要！不要！"小女孩扯大嗓門尖叫着，"我不要回家！"

如改以"套用"形式表達，也須保留句末問號或嘆號，以下以第（3）至（6）句為例：

（3）a. 惠子以"子非魚，安知魚之樂？"質問莊子。
　　　b. "子非魚，安知魚之樂？"是惠子的經典問句。

（4）a. 張小姐邊看着地圖邊問我 "南丫島有公眾游泳池嗎？"。

b. 只要上網查一查，像張小姐這類 "南丫島有公眾游泳池嗎？" 的問題便不必再提出了。

（5）a. 在與莊暴的對談中，孟子認為 "王之好樂甚，則齊國其庶幾乎！"。

b. "王之好樂甚，則齊國其庶幾乎！" 是孟子對莊暴的回應。

（6）a. 那小女孩扯大嗓門的尖叫 "不要！不要！我不要回家！" 仍在我耳際轟響着。

b. 剛才還在扯大嗓門尖叫 "不要！不要！我不要回家！" 的那個小女孩，現在已破涕為笑了。

4.2 取消套用引文末的句號

當套用別人一句話或一段文字到自己的文句中時，原句末的句號應取消。例如：

（1）a. "己所不欲，勿施於人" 這句話是孔子說的。

b. 孔子說的 "己所不欲，勿施於人"，真是至理名言。

（2）a. "放開心情，把這場球賽打好" 是教練對我們的提醒。

b. 我記得教練要我們 "放開心情，把這場球賽打好"。

句組（1）的句 a 和句 b 都把孔子原句“勿施於人”中“人”字後的句號刪去，因為孔子原本的話已成為句 a 和句 b 的一部分，失去了獨立性。句組（2）的句 a 和句 b 都把教練原句“把這場球賽打好”中“好”字後的句號刪去，因為教練原本的話已成為句 a 和句 b 的一部分，也失去了獨立性。

4.3 保留套用引文末的問號或嘆號

　　當套用別人一句話或一段文字到自己的文句中時，原句末的問號或嘆號應保留，否則不能傳達原文的疑問或感嘆語氣。試比較以下兩組句子：

（1）a. 我解釋了老半天，他給我的回應卻仍是“為甚麼呢？”。✔

　　　b. 我解釋了老半天，他給我的回應卻仍是“為甚麼呢”。✗

（2）a. 這時我們正在樹下聊天，忽然傳來一聲淒厲的“救命呀！”。✔

　　　b. 這時我們正在樹下聊天，忽然傳來一聲淒厲的“救命呀”。✗

　　以上兩組的句 b，取消了原來的問號和嘆號，不能表達原句的語氣，並不恰當。

　　總括上面的討論，可列成下表：

引文性質	引文句末句號	引文句末問號	引文句末嘆號
獨立引錄	保留在後引號內		
套用	刪去	保留在後引號內	

互參

- 後文： 一、 恰當處理括號前後的點號，頁 171-174 括號應用須知第 1 項；

  二、 破折號及其前後點號，見頁 186-192 破折號應用須知第 1 項；

  三、 省略號及其前後點號，見頁 198-206 省略號應用須知第 1 項。

5 引用兩句或以上語句的處理方法

每句引語都須用一對引號（前引號和後引號）標示，兩句用兩對，三句用三對，以此類推。每句以引號標示的獨立引語之間不須加上任何點號。請看以下例子：

（1）a. 蘇東坡說："此心安處是吾鄉。""不識廬山真面目，只緣身在此山中。""凡物皆有可觀。苟有可觀，皆有可樂，非必怪奇偉麗者也。"這三句都是心物交融、深有體會之言。

b. 蘇東坡說："此心安處是吾鄉。"又說："不識廬山真面目，只緣身在此山中。"更說："凡物皆有可觀。苟有可觀，皆有可樂，非必怪奇偉麗者也。"這三句都是心物交融、深有體會之言。

c. 蘇東坡說的"此心安處是吾鄉","不識廬山真面目，只緣身在此山中"和"凡物皆有可觀。苟有可觀，皆有可樂，非必怪奇偉麗者也"三句，都是心物交融、深有體會之言。

（2）我終於找到那家不起眼的餅店，對店員說要買他們的魔鬼蛋糕。店員有點不好意思地說：
"魔鬼蛋糕賣光了。"
"噢，這麼早便賣光了嗎？"
"要不要試試這款天使蛋糕？也很好吃的。"
"魔鬼蛋糕待會還會出爐嗎？"
"不會。"
"那太可惜了。這款天使蛋糕我不要了。"

例（1）句 a 連續獨立引錄蘇東坡三句本不相連的話，三句話的引號之間不加任何點號。例（2）分行引錄兩人的對話，一行一句。每句獨立引語的前後引號之間也不加任何點號。例（1）句 b 則在第二句引語前加上"又說"和冒號，在第三句引語前加上"更說"和冒號，把三句話連起來。例（1）句 c 改為連續套用蘇東坡三句話，後引號前的點號須刪去。

6　省略引號

6.1　表意清晰可省引號

標點符號中的點號，如頓號、逗號、句號，相對於標號而言，多是非用不可的。標號則不然，用與不用，許多時是選擇而非規定。表意如已清晰明確，又無須強調句中成分的話，則可省略引號。請看以下句組：

（1）a. 文化大革命是中國現代史的重大事件。

　　　b.“文化大革命”是中國現代史的重大事件。

（2）a. 一帶一路是絲綢之路經濟帶和21世紀海上絲綢之路的簡稱。

　　　b.“一帶一路”是“絲綢之路經濟帶”和“21世紀海上絲綢之路”的簡稱。

以上兩個句組中的句 a 和句 b 都表意清晰，無論是否運用引號，都是恰當的表述。目前趨勢多以引號標示句中的專有名詞，已成慣性。其實從行文簡潔的角度考慮，有些引號並非必要，可按實際情況取捨。例如句組（1）中的“文化大革命”，人人皆知，不一定要加引號。句組（2）中的“一帶一路”及其兩個語源，或許並非人所共知，則較宜以引號提請注意。

互參
　•前文：引號標示須強調的句子成分，見頁 147 引號功能第 2 項的補充說明。

6.2 以特定排版方式取代引號

整段引錄原文時，按理應加上引號，但現在的趨勢是借助特定排版方式——另起新段、縮排、改變字體等——標示原文。

在確保不會引起混淆的前提下，以這類排版方式引錄的原文不一定要加上引號。因此，上文功能第 5 項的例（24）也可以這樣表達：

《現代漢語詞典（1978 年第 1 版）‧前言》第一段說：

> 這部《現代漢語詞典》是以記錄普通話語匯為主的中型詞典，供中等以上文化程度的讀者使用。詞典中所收條目，包括字、詞、詞組、熟語、成語等，共約五萬六千餘條。

這段引文在介引式話語“《現代漢語詞典（1978 年第 1 版）‧前言》第一段說”和提引下文的冒號之後，另開一段，再以縮排方式和另一字體顯示，跟正文其他文字有明確區別；因此，雖是引文，也不必加上引號。

6.3 在特定文體中省略引號

某些特定文體如訪問稿、劇本等，在清楚標明說話人姓名或身分並加上冒號之後，可以直接引錄該人物的話語而不必加上引號。例如：

（1）《黃老師訪問稿》（記：記者／黃：黃老師）

> 記：黃老師，首先恭喜您得到“傑出教師獎”，也十分感謝您接受訪問。

黃：謝謝……不用客氣。其實我得感謝校長、老師和
　　同學們對我的支持！

記：可以說說您得獎的心情嗎？

黃：我很高興，也很慚愧……

（2）曹禺《日出》（達：方達生／露：陳白露）

達：你幹甚麼？

露：我想按電鈴。

達：做甚麼？

露：你真地要自殺，我好叫證人哪。

以上兩種文體一般不用引號標示人物對話。

7　特別添加引號

行文過程中，或會遇到一般不須加引號，但為免某些讀者
誤解，須為句中某些成分特別添加引號，以期清楚表意的情
況。請看以下兩個句組：

（1）a. 我們約好了明天去燉奶佬吃早餐。

　　　b. 我們約好了明天去“燉奶佬”吃早餐。

　　　c. 我們約好了明天去燉奶佬餐廳吃早餐。

　　　d. 我們約好了明天去“燉奶佬餐廳”吃早餐。

（2）a. 她遍尋各區都見不到壽星公，十分沮喪。

b. 她遍尋各區都見不到“壽星公”，十分沮喪。

c. 她遍尋各區都見不到壽星公牌煉奶，十分沮喪。

d. 她遍尋各區都見不到“壽星公牌煉奶”，十分沮喪。

句組（1）中的“燉奶佬”是香港連鎖餐廳“燉奶佬餐廳”的簡稱。在本地行文語境中，以“燉奶佬”指“燉奶佬餐廳”是約定俗成的做法。句 a 對熟知這餐廳的香港讀者而言，表意簡明；但對不了解情況的讀者而言，可能難以理解，甚至會被指為病句。為了避免誤解，可為“燉奶佬”一詞特別添加引號，如句 b；也可寫出餐廳的全稱，如句 c。如果還要特別強調是這間餐廳，更可為“燉奶佬餐廳”這全稱加上引號，如句 d。

句組（2）中的“壽星公”是行銷香港數十年的煉奶品牌“壽星公牌煉奶”的簡稱。在本地行文語境中，以“壽星公”指“壽星公牌煉奶”是約定俗成的做法。句 a 對熟知這牌子煉奶的香港讀者而言，表意簡明；但對不了解情況的讀者而言，很可能引致誤會。為了避免誤會，可為“壽星公”一詞特別添加引號，如句 b；也可寫出品牌的全稱，如句 c。如果還要特別強調是這煉奶品牌，更可為“壽星公牌煉奶”這全稱加上引號，如句 d。

（二）括號 （ ）

■ 定義

標號的一種，標示語段中的注釋內容、補充說明或其他特定意義的語句。

■ 書寫規格

形　　式："（　）"（圓括號）、"［　］"（方括號）、"〔　〕"（六角括號）、"【　】"（方頭括號）。

佔用空間：前後括號各佔一個漢字方塊。

位　　置：前括號居中偏右，後括號居中偏左；前括號不出現在一行之末，後括號不出現在一行之首。

注意事項：括號通常都是一對一對地運用的，前面的一半稱為"前括號"，後面的一半稱為"後括號"。括號有多種不同書寫形式，最常用的是圓括號。

■ 功能

1　標示對句中詞語的注釋、補充或感受。

（1）　香港浸會學院（1994 年正名為大學）的首任校長是

林子豐博士。

（2） 陳大文議員（中西區）在議會中提出了 "反對賭波
合法化" 的動議。

（3） 香港教育專業人員協會（簡稱 "教協會"）成立於
1973 年。

（4） 他最近讀完了《百年孤寂》（作者是哥倫比亞的馬奎
斯，1982 年諾貝爾文學獎得主），認為這是一部不可
多得的傑作。

（5） 陳老師邊說邊示範："留心看：左前（左腳踏前一
步），右開（右腳向右跨出一小步）；再左前，右
開。"

（6） 男事主姓李（譯音），55 歲，韓國籍，被發現時昏迷
不醒。

（7） 最近坊間流傳以黑米醋（？）洗面有助美容護膚之
說，有人躍躍欲試。

（8） 調查指出港人長壽冠全球（！），信然？

補充說明

· 括號標示作者認為不宜直接放到句中，但又希望告訴讀
者的注釋、補充或感受。

· 例（1）至例（6）的括號標示對前面詞語的注釋或補
充；例（7）和例（8）標示感受，例（7）標示對 "黑
米醋" 功效的疑問，例（8）標示對 "冠全球" 的驚
嘆。這些括號都緊號跟在該詞語之後，稱為 "句內括
號"。前括號跟詞語最後一字之間沒有任何點號分隔。

- 句內括號裏面的如果是一個包含點號的句子，該句的句末點號要取消，見例（4）。
- 有關句內括號的較詳細說明，參看下文應用須知。

互參

- 前文：逗號表示複指或補充成分前後的停頓，見頁 85-86 逗號功能第 4 項。
- 後文：一、 破折號標示插入句中的說明或補充部分，見頁 180-181 破折號功能第 2 項；

　　　二、 破折號與括號和逗號互換，見頁 192-193 破折號應用須知第 2 項。

2　標示話語中省略的內容。

媒體如電視和報章經常就某事件諮詢專業意見或採訪當事人，受訪者作口頭回應。電視台和報社摘取回應內容作報道，有時須以括號補足話語中省略的內容，讓觀眾和讀者掌握完整的資訊。請看以下兩例：

（9）　電視台記者就一件有可能妨礙司法公正的事件，諮詢律師意見。律師回應記者時說："這男子涉嫌伙同任職警員的友人，以金錢誘使女事主銷案，是會的。"電視熒屏播出律師這句話時，字幕顯示為：
這男子涉嫌伙同任職警員的友人，以金錢誘使女事主銷案，是會（妨礙司法公正）的。

（10）年邁報販李婆婆獨力打理路邊報檔幾十年，多次被歹徒襲擊搶劫。近年身體轉差，決定結束報檔。報社記者就報檔經營和牌照續期一事採訪李婆婆。對話中李婆婆曾說："不做了，還可以做嗎？政府要收就收吧！"報紙引錄李婆婆這句話：

李婆婆說："不做了，還可以做嗎？（報檔牌照）政府要收就收吧！"

補充說明

· 例（9）和例（10）的括號標示原話語省略的內容，均屬句內括號。

3　標示對整句的注釋、翻譯或補充。

（11）假作真時真亦假，無為有處有還無。（見曹雪芹《紅樓夢》第一回，這是刻於"大石牌坊"兩邊的聯語。）

（12）"漲紅了臉"的"漲"字，不可以寫成"脹"。（參看繁體字版《現代漢語詞典》，頁 1442。）

（13）No news is good news.（沒有消息就是好消息。）

（14）關關雎鳩，在河之洲。窈窕淑女，君子好逑。（關關鳴叫的雎鳩，落在河中的沙洲。苗條賢惠的姑娘，是君子的好配偶。）

（15）李大明校友畢業後到美國深造，取得博士學位。（李校友於去年結婚，現定居於三藩市。）

補充說明

- 例（11）至例（15）的括號標示注釋、翻譯或補充前面整句的內容，接在該句的句末點號之後，稱為 "句外括號"。例（11）標示直接引錄的出處，例（12）標示間接引錄的出處，例（13）標示翻譯，例（14）標示語譯，例（15）標示補充。
- 句外括號裏面的句子，其句末點號要保留在後括號之內。
- 有關句外括號的較詳細說明，參看下文應用須知。

互參

- 前文：逗號表示複指或補充成分前後的停頓，見頁 85-86 逗號功能第 4 項。
- 後文：一、 破折號標示插入句中的說明或補充部分，見頁 180-181 破折號功能第 2 項；

　　　 二、 破折號與括號和逗號互換，見頁 192-193 破折號應用須知第 2 項。

4　標示序次語或序號。

（16）食物的種類有很多，例如：（一）五穀類；（二）肉類；（三）蔬果類。

（17）點號的種類

　　　1 句末點號

　　　　（1）句號

　　　　（2）問號

　　　　（3）嘆號

補充說明

- 例（16）標示序次語一、二、三，例（17）標示序號
  1、2、3。
- 以括號標示的序次語，後面不可以再加上頓號。
- 例（17）借助括號顯示事物的邏輯層次：沒有括號的序
  號 1 標示"上層"的"句末點號"，有括號的序號 1 至 3
  標示"下層"的"句號"、"問號"、"嘆號"。

互參

- 前文： 一、 頓號用於序次語和正文之間，見頁 68-69 頓
  號功能第 3 項；

  二、 逗號用於雙音節序次語和正文之間，見頁
  86-87 逗號功能第 5 項；

  三、 在序次語後選用逗號和頓號，見頁 104-105
  逗號應用須知第 7 項。

- 後文： 破折號標示列舉分承的項目，見頁 185 破折號功
  能第 8 項。

▨ 應用須知

1 恰當處理括號前後的點號

1.1 句內括號

句內括號標示對句子內詞語的注釋或補充，上述括號功能
第 1 和第 2 項各例中的括號，都是句內括號。括號內的文字如有
必要，可以用點號斷開，但不在文字末尾加上句號，見上文功
能第 1 項例（4）。例（4）後括號後面的逗號，是屬於整個句子

的，不可以放在後括號裏面。再看以下一組例句：

（1）含大量維生素 C 的西紅柿（即番茄，北方人叫作西紅柿），可以生吃。✓
（2）含大量維生素 C 的西紅柿（即番茄，北方人叫作西紅柿，）可以生吃。✗
（3）含大量維生素 C 的西紅柿（即番茄，北方人叫作西紅柿。）可以生吃。✗
（4）含大量維生素 C 的西紅柿（即番茄，北方人叫作西紅柿。），可以生吃。✗

以上四句，只有第一句正確，其餘三句都沒有處理好後括號跟前後點號的關係。

1.2 句外括號

句外括號標示對整個句子的注釋或補充，上述括號功能第 3 項例（11）至例（15）中的括號，都是句外括號。括號內的文字如有必要，可以用點號斷開，末尾要加上適當的句末點號。再看以下一組例句：

（1）她去年申請調職，轉到荃灣分公司工作。（半年後，以私人理由辭職。）✓
（2）她去年申請調職，轉到荃灣分公司工作（半年後，以私人理由辭職）。✓
（3）她去年申請調職，轉到荃灣分公司工作（半年後，以私人理由辭職。）✗

（4）她去年申請調職，轉到荃灣分公司工作。（半年後，以私人理由辭職）✗

（5）她去年申請調職，轉到荃灣分公司工作。（半年後，以私人理由辭職）。✗

以上五例，例（1）的句外括號，用法正確；例（2）的引號是句內括號，用法也正確；例（3）至例（5）都沒有處理好前後括號與前後點號的關係，都不正確。

1.3 括號裏的問號和嘆號

跟上文討論引號的情況一樣，括號裏文末的問號和嘆號，有必要保留，以傳達疑問和感嘆語氣。試比較以下兩個例句：

（1）香港人喜歡吃田雞（即青蛙？），但我想起這醜東西就噁心，別說吃了。

（2）香港人喜歡吃田雞（即青蛙），但我想起這醜東西就噁心，別說吃了。

兩個例句都合法，都沒有用錯標點。但是，兩句要表達的意思大有不同。句（1）如果刪去問號，就完全表達不到原來的疑問語意和語氣，變成句（2），肯定田雞就是青蛙了。再看：

（3）沒見她幾年，她長高了（還長漂亮了！）許多。

（4）沒見她幾年，她長高了（還長漂亮了）許多。

句（3）如刪去感嘆號，就表達不出那份驚嘆的感情，變成句（4），語氣也就很不一樣了。可見括號內的問號和嘆號，跟句號和逗號不同，不宜刪去，有時甚至不能刪去。總括上面的討論，可列成下表：

種類	括號內文末句號	括號內文末問號	括號內文末嘆號	前括號前面	後括號後面
句內括號	刪去	保留	保留	緊接原句詞語	緊接原句詞語或點號。
句外括號	保留	保留	保留	緊接原句句末點號	不再有任何點號。

互參

- 前文：一、 問號用於句子某些成分之後，表示不確定或存疑，見頁 38-39 問號功能第 3 項；

　　　　二、 嘆號用於句子某些成分之後，表達感嘆或驚嘆之情，見頁 53-54 嘆號功能第 6 項；

　　　　三、 恰當取捨後引號前引文的句末點號，見頁 157-160 引號應用須知第 4 項。

- 後文：一、 破折號及其前後點號，見頁 186-192 破折號應用須知第 1 項；

　　　　二、 省略號及其前後點號，見頁 198-206 省略號應用須知第 1 項。

2 括號裏的括號

在括號裏再用括號，是可以的，但較不便閱讀，有時或會引起混亂；因此，應儘量避免出現雙重括號。如有必要運用，則可以在不同層次中用不同的括號。請看以下兩組例句：

（1）a. 香港動植物公園（舊稱兵頭花園（兵頭即指港督））是中西區歷史最悠久的公園。

     b. 香港動植物公園，舊稱兵頭花園（兵頭即指港督），是中西區歷史最悠久的公園。

（2）a. 在繁體字系統裏，"沉沒"的"沉"可寫作"沈"。（見《現代漢語詞典》（繁體字版）頁 139。）

     b. 在繁體字系統裏，"沉沒"的"沉"可寫作"沈"。（見繁體字版《現代漢語詞典》頁 139。）

     c. 在繁體字系統裏，"沉沒"的"沉"可寫作"沈"。［見《現代漢語詞典》（繁體字版）頁 139。］

例（1）和例（2）的句 a 都運用了兩層相同的括號（圓括號），這並沒有錯誤，但在閱讀時易生混淆，應儘量避免。可改動文字安排，除去一層括號，如例（1）和例（2）的句 b；另可在不同層次採用不同括號，以清眉目。一般是方括號在外，圓括號在內，如例（2）句 c。

3 選用句內括號和句外括號

　　句內括號和句外括號並不互相排斥。用句內括號還是句外括號，可按實際情況和需要決定，但必須注意跟相應的點號，特別是後括號前後的點號配合。以下是一些例子：

（1）a. 學而不思則罔（迷惘），思而不學則殆（疑惑）。

　　　b. 學而不思則罔，思而不學則殆（罔：迷惘；殆：疑惑）。

　　　c. 學而不思則罔，思而不學則殆。（罔：迷惘；殆：疑惑。）

（2）a. 菠蘿包（並無菠蘿）和雞尾包（沒有雞尾）是香港民間兩款經典包點。

　　　b. 菠蘿包和雞尾包是香港民間兩款經典包點（菠蘿包並無菠蘿，雞尾包也沒有雞尾）。

　　　c. 菠蘿包和雞尾包是香港民間兩款經典包點。（菠蘿包並無菠蘿，雞尾包也沒有雞尾。）

（3）a. 西諺云："誠實為上策（Honesty is the best policy）。"

　　　b. 西諺云："Honesty is the best policy（誠實為上策）。"

　　　c. 西諺云："誠實為上策。"（Honesty is the best policy.）

　　　d. 西諺云："Honesty is the best policy."（誠實為上策。）

（4）a. 英國詩人雪萊說：“冬天來了，春天還會遠嗎（If winter comes, can spring be far behind）？”

b. 英國詩人雪萊說：“If winter comes, can spring be far behind（冬天來了，春天還會遠嗎）?”

c. 英國詩人雪萊說：“冬天來了，春天還會遠嗎？”（If winter comes, can spring be far behind?）

d. 英國詩人雪萊說：“If winter comes, can spring be far behind?”（冬天來了，春天還會遠嗎？）

以上四個句組內各句的括號運用方式，都是可以的。採用哪一種，可自行決定。句組（1）和（2）中的句a以兩個句內括號標示補充說明，句b以一個句內括號標示補充說明，句c則以句外括號作標示。句組（3）和句組（4）在中文行文中引用英文。每組中的句a和句b運用句內括號，句c和句d運用句外括號。句組（3）的句a，括號內是英文原文，後括號和後引號之間要用中文句號；句b括號內是中文譯文，後括號和後引號之間要用英文句號；句c括號內為英文，用英文句號收結；句d括號內為中文，用中文句號收結。句組（4）的句a，括號內是英文原文，後括號和後引號之間要用中文問號；句b括號內是中文譯文，後括號和後引號之間要用英文問號；句c括號內為英文，用英文問號收結；句d括號內為中文，用中文問號收結。

互參

・前文：橫排和直排文字引用英文時的引號書寫規格，見頁 153-157 引號應用須知第 3 項。

4　其他形式括號的用法

名稱	書寫形式	說明
方括號	［　］	1 多用於標示注釋條目的序次數字。例如：［1］、［2］，〔1〕、〔2〕。
六角括號	〔　〕	2 用於標示作者國籍或所屬朝代。例如：［英］威廉·莎士比亞《王子復仇記》，〔元〕王實甫《西廂記》。 3 以六角括號的前括號用於劇本，標出劇情提示。例如： 第一幕 〔說唱藝人，光腦殼，着布鞋，大袖長袍，提一面破鑼上場。 第二幕 〔說唱藝人上，敲打一粗大竹筒。 　　　　　　——高行健《山海經傳》
方頭括號	【　】	1 用於標示詞典裏的詞目。例如： 【高湯】名煮肉或雞鴨等的清湯，也指一般的清湯。 　　　　——《現代漢語詞典》第 6 版 2 用於標示報刊消息來源。例如： 【本報訊】、【路透社消息】。

（三）破折號

■ 定義

標號的一種，標示語段中某些成分的注釋、補充說明或語音、意義的變化。

■ 書寫規格

形　　式: "——"。

佔用空間: 兩個漢字方塊。

位　　置: 居中，平分漢字方塊為上下兩半；可出現在一行之末或一行之首，但不可跨行運用。

注意事項: 破折號是一條連貫直線，中間不能斷開。

■ 功能

1　標示對前面文字的解釋或補充。

（1）　LASER—— 中文叫鐳射或激光，是英文 light amplification by stimulated emission of radiation 的關鍵字首字母緊縮寫法。

（2）　我最喜歡喝"鴛鴦"——一種由奶茶與咖啡混合而成的飲品。

（3）　在眾多花卉中，我最愛香港市花——洋紫荊。

（4）　這件事我真的幫不了忙，我其實是"泥菩薩過江"——自身難保！

（5）　慈善社團當街派米，害苦了大批在烈日下排隊的老人家——好心做壞事的典型例子。

（6）　香港的冠心病患者激增，且日趨年輕——市民缺乏健康意識，教人憂慮。

補充說明

· 例（1）和例（2）的破折號標示解釋前面詞語的文字。

· 例（3）的破折號標示前面詞語的具體指稱，"香港市花"和"洋紫荊"有"複指關係"，破折號往往用於這類詞或詞語之間。

· 例（4）的破折號標示說明"歇後語"含意的文字。

· 例（5）和例（6）的破折號標示對前面整句的解釋、說明或補充。

2　標示插入句中的說明或補充部分。

（7）　我們一家人——還有那隻松鼠狗——都很喜歡吃牛肉。

（8）　《紅樓夢》——又稱《石頭記》——是世界文學殿堂中的瑰寶。

（9）　近年來，香港的服務業——尤其是飲食業——急速發展，但服務水平卻沒有顯著提高。

補充說明

- 這類"插入式"的補充說明，必須配以一對破折號，一個用在插入的文字前，一個用在插入的文字後，缺一不可。
- 把破折號和插入的文字除去，原句仍是完整通暢的句子。這是檢查這類破折號是否用得正確的方法。

互參

- 前文：一、　逗號表示複指或補充成分前後的停頓，見頁 85-86 逗號功能第 4 項；

　　　　二、　括號標示對句中詞語的注釋、補充或感受，見頁 166-168 括號功能第 1 項。

- 後文：一、　破折號與括號和逗號互換，見頁 192-193 破折號應用須知第 2 項。

3　標示開展性質或總結性質的下文。

（10）要數香港歷史悠久的公用事業機構，得從中華煤氣公司說起──

（下文介紹中華煤氣公司的歷史）

（11）攀爬石澗屬高風險活動，專家指出有以下四大危機──

（下文逐一說明四大危機）

（12）西芹降血壓，苦瓜清熱毒，青瓜消水腫，青椒抗老化，青蘋果解肝鬱──此"五青"者，皆大有益於人體，宜榨其汁而常飲之。

（13）中國成語關於狗的有不少，例如"狐群狗黨"、"狼心狗肺"、"鼠竊狗偷"等等——"狗"彷彿成了被人嫌棄的大壞蛋。

補充說明

- 例（10）和例（11）分別在話題"中華煤氣公司"和"四大危機"之後，以破折號標示後面開展性質的下文。
- 例（12）和例（13）分別在五種蔬果和三個有關狗的成語之後，以破折號標示後面總結性質的下文。

互參

- 前文：一、 冒號用於提示性詞語之後，以較長的停頓提引下文，見頁 132-134 冒號功能第 1 項第二組和第三組例句；

　　　 二、 冒號用於總括式話語之後或之前，提請注意，見頁 134-135 冒號功能第 2 項。

4　標示引文的出處。

（14）人生自古誰無死，留取丹心照汗青。

　　　　　　　　　　　——文天祥《過零丁洋》

（15）人生據說是一部大書。

　　　　　　　　　　　——錢鍾書《寫在人生邊上·序》

補充說明

- 這是有特定用法和格式的注釋或補充，放在句子以外。
- 破折號通常放在下一行接近上一行句末的地方。

5 標示文章或書本的副標題。

（16）香港圍村生活考察
　　　　　　　　　——元朗錦田圍個案分析

（17）香港中國語文教學論文集
　　　　　　　　　——從預科到大專

補充說明

- 這也是有特定用法的解釋和補充。
- 破折號須放在標題下一行接近標題句末的地方。
- 例（16）的破折號標示文章副標題，例（17）的破折號標示書本副標題。

6 標示轉折或中斷的話題和語氣。

（18）"這是個傷透腦筋的難題！——今天天氣很好呢，我們不如到外面走走。"老黃邊說邊站起來。

（19）"噢，小張，你今天放假？——我去把爐子關掉。"李小姐"砰"的一聲把小張關在門外。

（20）"今年的加薪幅度——嗯，各位準備好了沒有？"陳經理故作神祕地說。

（21）"不要呀，救——"她的嘴巴被人用力摀住。

（22）"春眠不覺曉，處處聞——"三歲的小美忘了"聞"甚麼，再也唸不下去了。

補充說明

- 例（18）至例（20）的破折號標示說話中途突然轉折的話題和語氣。注意破折號跟前面點號的配合，詳見下文應用須知的討論。
- 例（21）和例（22）的破折號標示說話中途突然中斷的話題和語氣。破折號和後引號之間不加任何點號。

7　標示延長的聲音和語氣。

（23）"轟隆──"雷聲震動了大地。

（24）"我不是日本人，我是中──國──人──"

（25）"準備，一──二──三！"

（26）"誰把我的電腦資料全毀掉了？噢，天──呀──！"

（27）"媽媽，你看，我是鹹蛋超人！"
　　　　"你──就──是──？"

（28）"再──見──啦──！"我們揮手向火車上的朋友道別。

補充說明

- 例（23）的破折號標示延長的聲音，"轟隆"是象聲詞。
- 例（24）的破折號標示延長的語音，兼有強調作用。
- 例（25）至例（27）的破折號標示延長的語音和語氣。
- 例（28）的"啦"跟香港口語"啦"不同，句中的"啦"是"了"和"啊"的合音，兼有"了"和"啊"的語意和語氣。
- 注意破折號跟前面和後面點號的配合，詳見下文應用須知。

8　標示列舉分承的項目。

（29）香港廉政公署成立了三個專責部門：

　　　——執行處；

　　　——防止貪污處；

　　　——社區關係處。

（30）中國佛教四大名山是：

　　　——山西五台山；

　　　——四川峨嵋山；

　　　——安徽九華山；

　　　——浙江普陀山。

補充說明

· 破折號標示的列舉分承項目須分行排列。

· 這種標示方式跟以序次語列舉的方式大同小異，主要分別是以破折號代替序次詞和後面的點號。

互參

·前文：　一、　頓號用於序次語和正文之間，見頁 68-69 頓號功能第 3 項；

　　　　　二、　逗號用於雙音節序次語和正文之間，見頁 86-87 逗號功能第 5 項；

　　　　　三、　在序次語後選用逗號和頓號，見頁 104-105 逗號應用須知第 7 項；

　　　　　四、　括號標示序次語或序號，見頁 170-171 括號功能第 4 項。

■ 應用須知

1 破折號及其前後點號

這是頗為複雜的問題，一般讀者可能不會注意到，但相信有寫作或排版經驗的人，都有這樣的疑問：究竟破折號的前後，應不應該出現點號呢？在具體說明之前，請看以下兩例：

（1）在眾多花卉中，我最愛香港市花洋紫荊。

（2）在眾多花卉中，我最愛香港市花——洋紫荊。

這兩個句子的分別在於例（2）以破折號斷開了"香港市花"和"洋紫荊"之間的語流，形成停頓，並藉此達到說明和強調的效果。例（1）在"香港市花"和"洋紫荊"之間，沒有任何點號；在此處直接插入破折號，不須考慮與句中點號配合的問題：這是最乾淨利落的破折號用法。不過，實際情況並不如此簡單，以下試一一討論。

1.1 破折號前的句內點號

在破折號前的，如果是句內點號（下文以逗號為例），一般處理是把它刪去。因為破折號本身已間接兼有停頓的作用，前面的點號就顯得不必要了；但這只是一般處理方法。如果要強調破折號前的是相對獨立的句子成分，那麼，就應保留破折號前的點號。試比較以下三例：

（1）我最喜歡喝"鴛鴦"，一種由奶茶和咖啡混合而成的飲品。

（2）我最喜歡喝"鴛鴦"——一種由奶茶和咖啡混合而成的飲品。

（3）我最喜歡喝"鴛鴦",——一種由奶茶和咖啡混合而成的飲品。

例（1）是平述式,以自然停頓（逗號）帶出節奏和層次,輔助句意表達。例（2）是強調式,以破折號引起讀者注意,標明後面的文字是前面"鴛鴦"這個詞的解釋說明。破折號前面的逗號給刪去了,因為破折號已兼有停頓作用,前面的逗號也就沒有必要保留了,這是目前常見做法。例（3）則仍保留逗號,讓破折號集中發揮標號的功能。理論上,這是完全沒有問題的。保留逗號,能讓讀者清楚知道破折號前的是句中一個相對獨立的成分。這是板眼分明的合法處理,但由於不夠句（2）簡便,目前較少這用做。

1.2 破折號前的句末點號

在破折號前的,如果是句末點號（句號、問號、嘆號）,情況就不一樣了。先說句號,請看以下三例:

（1）香港的冠心病患者激增,且日趨年輕。市民缺乏健康意識,教人憂慮。

（2）香港的冠心病患者激增,且日趨年輕——市民缺乏健康意識,教人憂慮。

（3）香港的冠心病患者激增,且日趨年輕。——市民缺乏健康意識,教人憂慮。

例（1）是平述式，共有兩個句子。例（2）是強調式，以破折號標示後面文字是前面整句的說明及補充。破折號前面的句號給刪去了，理由同上，都是以破折號兼表點號的停頓作用。這種做法，目前也較普遍。例（3）保留破折號前的句號，讓破折號集中發揮標號的功能。理論上說，這是十分合理的，而且能讓讀者知道破折號前的是完整的句子，但目前較少這樣做。

看了以上兩節討論，細心的讀者也許會問：逗號是句內點號，句號是句末點號，兩者性質不同，停頓長短也各異；現在一概刪去（參看上述 1.1 節和 1.2 節的第（2）例），只以破折號兼代，那豈不抹殺了逗號和句號的功能？豈不教人無從知道破折號前的是句子中間的自然停頓（用逗號表示）還是句子的末尾（以句號表示，比較 1.1 節和 1.2 節的第（2）（3）例）？事實真的如此！這個問題留待下文再談。現在先討論破折號前的問號和嘆號。請看以下三例：

（4）這是個傷透腦筋的難題。──今天天氣很好呢，我們不如到外面走走。

（5）這是個傷透腦筋的難題？──今天天氣很好呢，我們不如到外面走走。

（6）這是個傷透腦筋的難題！──今天天氣很好呢，我們不如到外面走走。

這三個例子文字完全一樣，但破折號前的語氣各有不同。先前曾指出，把破折號前的句號刪去，是較普遍的做法。同是句末點號的問號和嘆號又怎樣呢？在破折號前的問號和嘆號是否都像句號一樣，可以刪去呢？如果一視同仁，把以上三例中破折號前面的點號都刪去，三句就都變成了：

（7）這是個傷透腦筋的難題——今天天氣很好呢，我們不
　　　如到外面走走。

那豈不抹殺了句號（陳述句句末點號）、問號（疑問句句末點號）和嘆號（感嘆句句末點號）的差異？例（7）頂多只能等同例（4），但也不完全一樣，這點上文已談過了。例（7）絕不能等同例（5）或例（6），因為它把後兩者的疑問和感嘆語氣刪掉了。由此可知，破折號前的問號和嘆號，不應，甚至不能刪去。

討論到這裏，可以回應先前關於破折號前的逗號和句號的問題。如果按理類推，破折號前的句號和逗號都不應刪去，即是說，破折號前的點號，一概不刪。但實際情況是，破折號前的逗號和句號多被刪去，這是甚麼原因呢？因為理論上讀者不知道破折號前被刪去的是逗號還是句號。（但實際上讀者有時可以憑文意知道破折號前的是句子中間的停頓還是句末的停頓。）此其一。逗號和句號都不表達特殊語氣，破折號又已兼代兩者的停頓功能。（雖然顯示不了停頓長短的差異，但這並非最重要的因素。）此其二。取消了破折號前的逗號和句號，書寫較快捷方便，且已約定俗成，此其三。最後要強調的是：破折號前保留逗號或句號，是有理論依據的；雖然不流行，但仍是正確的處理方法。

1.3 破折號後的句內和句末點號

破折號和後面由它標示和連接的文字之間，絕大部分時候不會出現點號（參看以上各例）。有時，破折號和它後面的文字之間，也會出現點號，不過這表示破折號跟後面的文字並沒有直接關係，它們之間的點號表示了兩者的自然分隔。試比較以下兩個例句：

（1）"大——明——，把你的東西收拾好——！" ✓
（2）"大——明——把你的東西收拾好——！" ✗

例（1）"明"字後面的破折號，標示"明"的語音延長，跟後面的"把"字，並沒有直接關係。後面的"把"字句，並不是由前面的破折號標示的；中間的逗號，表示了前面稱謂語和後面祈使語的自然停頓，這是正常的語言節奏。如果把這個逗號刪去，變成例（2），就顯得不自然，也不合理了。

破折號後面如果沒有文字，即破折號直達句子末尾的話，則可如下處理：

一、 刪去或保留句號。例如：

（3）"我不是日本人，我是中——國——人——" ✓
（4）"我不是日本人，我是中——國——人——。"

雖然保留句號在理論上合法，但一般習慣較傾向刪去句號。

二、 保留問號。例如：

（5）"你——就——是——？" ✔
（6）"你——就——是——" ✗

三、 保留嘆號。例如：

（7）"再——見——啦——！" ✔
（8）"再——見——啦——" ✗

總括上面的討論，可列成下表：

點號	破折號前	破折號後	備註
句末點號： 句號、問號、嘆號。	保留[1]	保留[2]	[1] 破折號前的句號也可刪去。 [2] 破折號後如再沒有文字，後面的句號也可刪去。
句內點號： （以逗號為例）	刪去[3]	刪去[4]	[3] [4] 有必要顯示句子層次或句意關係時可保留。

互參

·前文： 一、 恰當取捨後引號前引文的句末點號，見頁
157-160 引號應用須知第 4 項；

二、 恰當處理括號前後的點號，見頁 171-174 括
號應用須知第 1 項。

・後文： 省略號及其前後點號，頁 198-206 省略號應用須
　　　　知第 1 項。

2　破折號與括號和逗號互換

在表示解釋或補充時，破折號、括號和逗號可以配合相同
的文字內容而互換，表達不同的句意側重點。試比較以下三句：

（1）多米（我的小倉鼠）上星期生病了。

（2）多米，我的小倉鼠，上星期生病了。

（3）多米——我的小倉鼠——上星期生病了。

討論焦點是三句對"我的小倉鼠"的處理。句（1）以括號
標示解釋或補充，無論看和讀，強調程度都最低；句（2）以兩
個逗號形成前後停頓，無論看和讀，強調程度都較高；句（3）
以一對破折號標示插注，無論看和讀，強調程度都最高。句
（1）的"我的小倉鼠"五個字在口語裏甚至可以不說出來，句
（2）和句（3）則沒有這個特點。三句都是合情合理合法的，
選哪一句，要看實際需要而定。可見無論標號或點號，都要靈
活運用，不可一成不變。包括標點符號在內的語言運用許多時
並沒有"非此不可"的絕對標準。

互參

・前文： 一、 逗號表示複指或補充成分前後的停頓，見頁
　　　　　　 85-86 逗號功能第 4 項；

　　　　 二、 括號標示對句中詞語的注釋、補充或感受，
　　　　　　 見頁 166-168 括號功能第 1 項；

三、　破折號標示插入句中的說明或補充部分，見頁 180-181 破折號功能第 2 項。

3　破折號與冒號互換

破折號和冒號可在提引下文和總結上文時互換。上文功能第 3 項各句例的破折號，都可以換上冒號：

（1）要數香港歷史悠久的公用事業機構，得從中華煤氣公司說起——

要數香港歷史悠久的公用事業機構，得從中華煤氣公司說起：

（2）攀爬石澗屬高風險活動，專家指出有以下四大危機——

攀爬石澗屬高風險活動，專家指出有以下四大危機：

（3）西芹降血壓，苦瓜清熱毒，青瓜消水腫，青椒抗老化，青蘋果解肝鬱——此 “五青” 者，皆大有益於人體，宜搾其汁而常飲之。

西芹降血壓，苦瓜清熱毒，青瓜消水腫，青椒抗老化，青蘋果解肝鬱：此 “五青” 者，皆大有益於人體，宜搾其汁而常飲之。

（4）中國成語關於狗的有不少，例如 “狐群狗黨”、“狼心狗肺”、“鼠竊狗偷” 等等—— “狗” 彷彿成了被人嫌棄的大壞蛋。

中國成語關於狗的有不少，例如 “狐群狗黨”、“狼心狗肺”、“鼠竊狗偷” 等等： “狗” 彷彿成了被人嫌棄的大壞蛋。

互參

- 前文：一、 冒號用於提示性詞語之後，以較長的停頓提引下文，見頁 132-134 冒號功能第 1 項第二組和第三組例句；

　　　　二、 冒號用於總括式話語之後或之前，提請注意，見頁 134-135 冒號功能第 2 項；

　　　　三、 括號標示對句中詞語的注釋、補充或感受，見頁 166-168 括號功能第 1 項；

　　　　四、 破折號標示插入句中的說明或補充部分，見頁 180-181 破折號功能第 2 項。

（四）省略號 ⌈······⌉

■ 定義

標號的一種，標示語段中某些內容的省略及意義的斷續等。

■ 書寫規格

形　　　式："……"。

佔用空間：兩個漢字方塊，每個方塊三點。

位　　　置：居中，平分漢字方塊為上下兩半；可出現在一
　　　　　　行之末或一行之首，但不可跨行運用。

注意事項：省略號是連貫的六點，中間不能斷開。省略號
　　　　　　還有一種連用形式，即"…………"，共有十二
　　　　　　個小圓點，佔四個漢字方塊的位置。

■ 功能

1　　標示引文的省略部分。

（1）《荀子・勸學》說："……青，取之於藍，而青於
　　　　藍。"這就是成語"青出於藍"的來源。

（2）　金庸的《笑傲江湖》一開始是這樣寫的："和風薰柳，花香醉人，正是南國春光漫爛季節。……"

（3）　《現代漢語詞典》對"孔明燈"一詞的解釋是："利用熱空氣比重較輕能上升的原理製成的一種紙燈……。相傳是三國時諸葛亮發明的，亮字孔明，所以叫孔明燈。"

補充說明

- 例（1）標示前文省略，例（2）標示後文省略，例（3）標示文中省略。
- 這類省略號跟前後點號的關係，詳下文應用須知。

2　標示列舉項目的省略部分。

（4）　北京犬、鬆獅犬、布爹利犬、金毛尋回犬……擠滿了狗展會場，好不熱鬧！

（5）　我的夢想是環遊世界，我要去日本、法國、美國、巴西、南非……

補充說明

- 例（4）標示句中列舉省略，例（5）標示句末列舉省略。
- 這類省略號跟前後點號的關係，詳下文應用須知。

3　標示話語斷續。

（6）　"你……你……你……！"他被兒子氣得直瞪眼。

（7）　我……我……想跟妳說……我……我……愛妳！

（8）　爸爸，……對……對……不起……。……我……我……這個人，太……太沒出息了。

補充說明

- 例（6）的直接引語和例（7）標示本無自然停頓的一句話的話語斷續，例（8）標示本有自然停頓的兩句話的話語斷續。

- 這類省略號跟前後點號的關係，詳下文應用須知。

4　標示話語中虛缺或隱諱的成分。

（9）　"事情弄到這個田地，你還有甚麼話可說？"

　　　　"……"我只低着頭，不敢回話。

（10）"陳大文這個人，我覺他有一點……"

（11）"我只是說說而已，難道你真的……？"

補充說明

- 例（9）第二個直接引語標示整句話的虛缺，表示答話人無話可說，例（10）和例（11）標示欲言又止的隱諱成分。

- 這類省略號跟前後點號的關係，詳下文應用須知。

5　標示無定成分的省略。

（12）"關聯詞語是表示句子邏輯關係的詞語，例如表示因果關係的"因為……所以……"，表示轉折關係的

"雖然……但是……"，表示遞進關係的"不但……而且……"。

（13）"反復"修辭技巧分為"連續反復"和"隔離反復"兩種。前者的形式是"……反復成分，反復成分……"；後者的形式是"……反復成分……反復成分"。聞一多《也許》首句："也許你真是哭得太累，也許，也許你要睡一睡。"就綜合運用了這兩種修辭手法。

補充說明

- 例（12）標示以關聯詞語連接的文句，涵蓋一切能與該關聯詞語配合的內容，並無定指。

- 例（13）標示在連續反復和隔離反復修辭技巧中隔開"反復成分"的文句，涵蓋一切相關的內容，也無定指。

■ 應用須知

1　省略號及其前後點號

省略號前後的點號應保留還是刪去呢？這個問題較難處理，總原則有兩個：第一，在不影響句意和語氣的前提下，儘量減少省略號前後的點號；第二，不在省略號的前後同時出現點號。現試討論如下：

1.1　省略號前的句末點號

省略號前如果有句末點號（句號、問號、嘆號），表示前面是完整的句子。句末點號如果是問號和嘆號，由於表達了特定語氣，不應刪去。這個原則在上文討論破折號相關問題時已經提到了。現試比較以下三組"話語省略"的句子，第（1）組省略號前是問號，第（2）組省略號前是嘆號：

（1）a. 你今天放假？……我怎麼不知道呢？ ✓
　　　b. 你今天放假……我怎麼不知道呢？ ✗

（2）a. 這件事我辦不到！……你別再說了。 ✓
　　　b. 這件事我辦不到……你別再說了。 ✗

上面兩組的句 b，刪掉了原來的問號和嘆號，令原來的語氣流失，語意改變，並不恰當。再看第（3）組，略號前是句號：

（3）a. 他去年離開時，還說會跟我聯絡。……自此之後，卻一直音信全無。 ✓
　　　b. 他去年離開時，還說會跟我聯絡……自此之後，卻一直音信全無。

句組（3）的句 b，省略了原來的句號，讀者無從知道省略號前是句中停頓還是句末停頓；但不會影響原句語氣。因此，省略號前的句號，嚴格而言也應保留，但一般可以刪去。以下再談"引文省略"的情況，先節錄曹雪芹《紅樓夢》第一回述及《石頭記》一書寫作緣起一段，再設三例討論：

原文節錄

今風塵碌碌，一事無成，忽念及當日所有之女子，一一細考較去，覺其行止見識，皆出於我之上。何我堂堂鬚眉，誠不若彼裙釵哉？實愧則有餘，悔又無益之大無可如何之日也！當此，則自欲將已往所賴天恩祖德，錦衣紈褲之時，飫甘饜肥之日，背父兄教育之恩，負師友規談之德，以至今日一技無成、半生潦倒之罪，編述一集，以告天下人：我之罪固不免，然閨閣中本自歷歷有人，萬不可因我之不肖，自護己短，一並使其泯滅也。

引文省略例（1）

a. 曹雪芹談及《石頭記》寫作緣起時說：

忽念及當日所有之女子，一一細考較去，覺其行止見識，皆出於我之上。何我堂堂鬚眉，誠不若彼裙釵哉？……我之罪固不免，然閨閣中本自歷歷有人，萬不可因我之不肖，自護己短，一並使其泯滅也。（保留省略號前原文問號）

b. 曹雪芹談及《石頭記》寫作緣起時說：

忽念及當日所有之女子，一一細考較去，覺其行止見識，皆出於我之上。何我堂堂鬚眉，誠不若彼裙釵哉……我之罪固不免，然閨閣中本自歷歷有人，萬不可因我之不肖，自護

己短，一並使其泯滅也。（刪去省略號前原文問號）

引文省略例（2）

a. 曹雪芹談及《石頭記》寫作緣起時說：

何我堂堂鬚眉，誠不若彼裙釵哉？實愧則有餘，悔又無益之大無可如何之日也！……我之罪固不免，然閨閣中本自歷歷有人，萬不可因我之不肖，自護己短，一並使其泯滅也。（保留省略號前原文嘆號）

b. 曹雪芹談及《石頭記》寫作緣起時說：

何我堂堂鬚眉，誠不若彼裙釵哉？實愧則有餘，悔又無益之大無可如何之日也……我之罪固不免，然閨閣中本自歷歷有人，萬不可因我之不肖，自護己短，一並使其泯滅也。（刪去省略號前原文嘆號）

引文省略例（3）

a. 曹雪芹談及《石頭記》寫作緣起時說：

今風塵碌碌，一事無成，忽念及當日所有之女子，一一細考較去，覺其行止見識，皆出於我之上。……我之罪固不免，然閨閣中本自歷歷有人，萬不可因我之不肖，自護己短，一並使其泯滅也。（保留省略號前原文句點號）

b. 曹雪芹談及《石頭記》寫作緣起時說：

今風塵碌碌，一事無成，忽念及當日所有
之女子，一一細考較去，覺其行止見識，皆出
於我之上……我之罪固不免，然閨閣中本自歷
歷有人，萬不可因我之不肖，自護己短，一並
使其泯滅也。（刪去省略號前原文句號）

以上三例的句 b，都在省略號前刪去原文的句末點號（依次
為問號、嘆號、句號）。這種做法並不穩妥，原因有二：一、淡
化甚至流失原文的句末語氣，尤以例（1）和例（2）的句 b 最
為明顯；二、弱化甚至破壞原文的句子結構，尤以例（3）句 b
最為明顯。因此，三例的句 a 都較佳。讀者如能細心比照閱讀原
文和三例的句 a 句 b，應能理解、體會上文的分析。

1.2 省略號前的句內點號

省略號前如果是句內點號，表示前面是句子的一部分。是
否保留這些句內點號（頓號、逗號、分號、冒號），目前意見分
歧。理論上說，一概保留句內點號，最為簡單，但實際運用卻
不這樣。一般來說，如果不致影響文意，運用標點應以簡潔為
原則；所以，如果省略號前的點號是可有可無的話，都應刪
去。試比較以下兩個句組：

（1）a. 淺水灣、深水灣、龜貝灣、南灣……都是港島南區
的海灘。
b. 淺水灣、深水灣、龜貝灣、南灣、……都是港島南
區的海灘。

（2）a. 金庸的《笑傲江湖》一開始是這樣寫的：“和風薰柳，花香醉人……”

b. 金庸的《笑傲江湖》一開始是這樣寫的：“和風薰柳，花香醉人，……”

句組（1）是列舉省略的比較，句 a 刪去省略號前的頓號，句 b 則保留。句組（2）是引文省略的比較，句 a 刪去省略號前的逗號，句 b 則保留。目前以句 a 較常見，句 b 多被認為不必要。但從理論上說，句 b 傳遞的信息比句 a 更豐富更準確：這反映實際應用凌駕於理論的情況。

一般的省略都是在句子自然停頓處開始的，這跟讀者的閱讀語感並無矛盾。因此，省略號前的句內點號就變得可有可無，可以刪去。雖然不刪去句內點號也是合理的做法，但有時會顯得多餘。不過，嚴格而言，刪去省略號前的句內點號，有時是會引起混淆的。請看以下一個原句和三個省略句：

原　　句：東涌新市鎮現正分期發展區內的設施，日後將成為一個具備商住及各類設施的社區，支援機場。

省略句：（1）東涌新市鎮現正分期發展區內的設施，……支援機場。

（2）東涌新市鎮現正分期發展區內的設施……支援機場。

（3）東涌新市鎮現正分期發展……支援機場。

句（1）和句（2）是由原句的自然停頓開始省略的，句（1）保留省略號前的逗號，句（2）則刪去逗號。正如上面提及，這個逗號可有可無，刪去會令文面簡潔一點，所以一般而言，會採用句（2）的形式。現在看句（3），這句是人為地"切開"句中的文字再省略，省略號之前根本沒有任何點號。比較句（2）和句（3），就會發覺省略形式在書面上看不出有任何不同。由此可見，如果要明確表示省略號前的是文句的自然停頓，就必須採用句（1）的形式。但畢竟三種省略都能清楚表意，這類標點運用的細微差別，就少有人去斤斤計較了。

1.3 省略號後的句內和句末點號

省略號後如果是句末點號（句號、問號、嘆號），表示省略直達句末。句末點號如果是問號和嘆號，應該保留，以表達原來的疑問和感嘆語氣。試比較以下兩組例句，第（1）組是疑問句省略，第（2）組的直接引語是感嘆句省略：

（1）a."我只是說說而已，難道你真的……？" ✓

　　　b."我只是說說而已，難道你真的……" ✗

（2）a."你……你……你……！"他被兒子氣得直瞪眼。✓

　　　b."你……你……你……"他被兒子氣得直瞪眼。✗

以上兩組的句 b，分別把原來的句末問號和嘆號刪去。這樣，在省略號之後，就不能保留原來的語氣了。因此省略號後的問號和嘆號，應該保留。再看省略號後是句號的情況。試比較以下兩組例句：

（3）a. "陳大文這個人，我覺他有一點⋯⋯"
　　　b. "陳大文這個人，我覺他有一點⋯⋯。"

（4）a. 南區的海灘有淺水灣、深水灣、龜貝灣⋯⋯。小時候，我最喜歡的是淺水灣。
　　　b. 南區的海灘有淺水灣、深水灣、龜貝灣⋯⋯小時候，我最喜歡的是淺水灣。

先討論句組（3）。如果句末的問號和嘆號應保留，按理句末的句號也應保留。不過，句號並不表示特殊語氣，而省略號又兼表停頓；因此，句末省略號之後的句號，就變得可有可無了。如以簡潔為原則，就可以把這個句號刪去。但如果後面還有其他句子的話，問題就不一樣了。現再討論句組（4）。句a其實共有兩個句子，前一句的省略號表示列舉的省略；後面"小時候，我最喜歡的是淺水灣"一句跟前句的省略並不密切相關。因此，前句省略號後面應該保留句號，否則就會變成句b，無法顯示省略內容屬於前句還是屬於後句了。

省略號後如果是句內點號（如逗號），一般都會刪去，可以參看上文各例句。總括上面的討論，可列成下表：

點號	省略號前	省略號後	備注
句末點號：句號、問號、嘆號。	保留[1]	保留[2]	[1] 省略號前的句號也可刪去。[2] 省略號後如再沒有文字，後面的句號也可刪去。
句內點號：（以逗號為例）	刪去[3]	刪去[4]	[3] [4] 有必要顯示句子層次或句意關係時可保留。

互參

- 前文： 一、 恰當取捨後引號前引文的句末點號，見頁 157-160 引號應用須知第 4 項；
- 二、 恰當處理括號前後的點號，見頁 171-174 括號應用須知第 1 項；
- 三、 破折號及其前後點號，見頁 186-192 破折號應用須知第 1 項。

2 注意省略號的規範格式

省略號共六點，佔兩字空間，即一字三點。讀者須注意中式省略號和英式三點的省略號不同，不能以三點表示中式省略號。以下句組中句 b 都用了英式省略號，並不正確：

（1）a. 美食車供應的食物有港式、美式、日式、韓式……多不勝數。✓

b. 美食車供應的食物有港式、美式、日式、韓式…多不勝數。✗

（2）a. 馬老師氣急敗壞地跑進來，指着操場喊道：“小明
　　他，他，他⋯⋯！”✓

b. 馬老師氣急敗壞地跑進來，指着操場喊道：“小明
　　他，他，他⋯！”✗

此外，省略號的“六點”在絕大部分情況下不因省略內容
多少而隨意增減，因此少於六點或多於六點（只有一個例外，
見下節）都不是規範形式。以下兩組中的句 b，都不正確：

（3）a. 我事事管束你，並非針對你⋯⋯其實都是為你
　　好。✓

b. 我事事管束你，並非針對你⋯⋯其實都是為你好。
　　✗（少於六點）

（4）a. 他這個人缺點可多啦⋯⋯你不可能一點也不察覺
　　吧。✓

b. 他這個人缺點可多啦⋯⋯⋯你不可能一點也不察
　　覺吧。✗（多於六點）

3　省略號用於省略引文段落

省略號有另一種書寫形式，共用十二個小圓點，佔四個字
位置。這種省略號用於引文省略：引錄幾段文字時，如省去其
中某段，則以這款省略號標示。例如上文討論引號用法的一段
引文（見頁 150 引號功能第 5 項例（25）），如省去第二段，則
應標示為：

（1）民政事務總署出版了《香港十八區旅遊指南》，署長在《序言》中說：

"踏入這個由龍年帶領的新千年，我非常欣慰能向各位推介這套新版的香港十八區旅遊指南。

"…………

"如果你希望一睹真正的香港風貌，我會向你高度推介這本旅遊指南。不論你是否初次踏足香港，這本新的旅遊小冊子都會令你認識多一些香港特別行政區的歷史及風貌。"

互參

・前文：引號標示引錄的原文段落，見頁 150-151 引號功能第 5 項。

4　省略號與"等"的關係

省略號與表示列舉未盡的"等"、"等等"不能並用，以下兩組例句中的句 a 都不正確，應改為句 b 或句 c：

（1）a. 香港常見的樹木，有榕樹、木棉樹、梧桐樹、松樹……等。✗

　　 b. 香港常見的樹木，有榕樹、木棉樹、梧桐樹、松樹……✓

　　 c. 香港常見的樹木，有榕樹、木棉樹、梧桐樹、松樹等。✓

（2）a. 任劍輝、白雪仙、芳艷芬、林家聲……等等，都是
　　　香港的粵劇名伶。✗

　　　b. 任劍輝、白雪仙、芳艷芬、林家聲……都是香港的
　　　粵劇名伶。✓

　　　c. 任劍輝、白雪仙、芳艷芬、林家聲等等，都是香港
　　　的粵劇名伶。✓

（五）書名號 《 》

■ 定義

標號的一種，標示語段中出現的各種作品的名稱。

■ 書寫規格

形　　式：“《　》”（雙書名號）、“〈　〉”（單書名號）。

佔用空間：前後兩部分各佔一個漢字方塊。

位　　置：前書名號居中偏右，不出現在一行之末；後書名號居中偏左，不出現在一行之首。

注意事項：書名號還有傳統浪線形式“﹏﹏”，標在書名之下。

■ 功能

1　標示書刊名稱。

（1）　你現在看的這本書，名叫《香港語境標點符號應用手冊》。

（2）《聖經》是全世界最暢銷的一部書。

（3） 圖書館最近訂購了中文版《國家地理雜誌》。

（4） 中國社會科學出版社出版的《中國語文》雙月刊，是著名的學術刊物。

（5） 《蘋果日報》、《東方日報》、《明報》和《星島日報》都是在香港出版的報紙。

（6） 《聊齋誌異》，簡稱《聊齋》；《三國演義》，簡稱《三國》。

補充說明

· 例（1）和例（2）標示書本名稱，例（3）和例（4）標示刊物名稱，例（5）標示報紙名稱，例（6）標示書名全稱和簡稱。

2　標示各類文件和文章的名稱。

（7） 香港特區首長今天發表的《施政報告》，成為全城熱門話題。

（8） 《中英聯合聲明》是中英兩國在 1984 年簽訂的。

（9） 徐志摩《再別康橋》是膾炙人口的一首詩。

（10）余光中的《中文的常態與變態》是討論中文運用的一篇著名文章。

（11）他在這刊物上發表了一篇題為《六十年代香港電影述評》的論文。

（12）《香港法例》第 374 章詳列《道路交通條例》的內容。

（13）新修訂的《吸煙（公眾衛生）條例》擴大了法定禁煙區的範圍。

（14）《中華人民共和國香港特別行政區基本法》，簡稱
　　　《基本法》。

補充說明

- 例（7）和例（8）標示文件名稱，例（9）至例（11）
標示文藝及學術篇章名稱，例（12）和例（13）標示法
例條文名稱，例（14）標示文件全稱和簡稱。

3　標示其他文藝及媒體作品和出版物的名稱。

（15）李安執導的《臥虎藏龍》奪得了二〇〇一年奧斯卡
　　　最佳外語片獎。

（16）電視劇《射鵰英雄傳》、《天龍八部》、《倚天屠龍記》
　　　等有很多不同的版本。

（17）港台電視直播節目《城市論壇》專就社會議題邀請
　　　講者現場討論。

（18）香港商業電台第一台製作的《光明頂》是個廣受歡
　　　迎的節目。

（19）將於香港大會堂劇院上演的《塵上不囂》是香港話
　　　劇團的新作。

（20）提到"任白戲寶"，人們必然想起《帝女花》和《紫
　　　釵記》。

（21）《梁山伯與祝英台》小提琴協奏曲和《黃河》鋼琴協
　　　奏曲都是中國現代音樂經典。

（22）香港芭蕾舞團最近公演了《白蛇》和《木蘭》這兩
　　　個作品。

（23）《大偉像》是意大利文藝復興時期的著名雕塑。

（24）古埃及的《金字塔》是建築藝術傑作。

（25）唐代書法家柳公權的《玄祕塔碑》，字體剛健，骨勁分明。

（26）南宋畫家張擇端的傑作《清明上河圖》已經散失，現存的只是清代臨摹本。

（27）《漢典》和《教育部國語辭典》都是內容豐富、查考便捷的網上字辭典。

（28）不少人上網查資料都會先查《維基百科》和《百度百科》等網上百科全書。

（29）這位知名作家的個人網誌《鳥倦不還》及其《面書》專頁，吸引大量讀者。

（30）《立場新聞》和《香港 01》都是香港的網上媒體。

（31）圖書館購備了《全國期刊論文索引》和《全國博碩士資料論文索引》資料光盤。

（32）這套《二胡考級曲目演奏指南》視像光盤由國家一級演奏家示範演奏。

（33）這套全新的《成語動畫廊》錄影帶減價發售，迅即售出。

（34）《四大天王名曲精選》音像光盤所收曲目比錄音帶版《四大天王名曲精選》少。

（35）這兩張由香港藝聲公司出版的《瀏陽河》和《姑蘇行》黑膠唱片，已經絕版。

（36）新電腦已預裝了繁體中文第十版《微軟視窗》和《諾頓 360》防毒軟件。

（37）《三國無雙》和《糖果傳奇》是兩款十分流行的電玩軟體。

補充說明

- 書名號除標示書刊、文件和文章名稱外，更可標示其他文藝及媒體作品和出版物的名稱，應用範圍日廣。以上各例所標示的名稱，依次屬於：電影（例 15），電視劇（例 16），電視節目（例 17），電台節目（例 18），話劇（例 19）， 粵劇（例 20）， 樂曲（例 21）， 舞蹈（例 22），雕塑（例 23），建築（例 24），書法（例 25），繪畫（例 26），網上字辭典（例 27），網上百科全書（例 28）， 網誌（例 29）， 網媒（例 30）， 資料光盤（例 31），視像光盤（例 32），錄影帶（例 33），音像光盤和錄音帶（例 34），唱片（例 35），電腦軟件（例 36），電玩軟體（例 37）。

■ 應用須知

1 雙書名號和單書名號的關係

　　雙書名號是"第一層次"的書名號，一般日常表達，使用雙書名號已足夠（參看以上各例）。單書名號則是"第二層次"的書名號（詳下），一般而言，使用機會較少。以下各例的單書名號，都應改為雙書名號：

（1）最近出版的一本漫畫書〈掃把頭〉，曾掀起一場爭論。✗

（2）〈十八樓C座〉是香港某廣播電台的長壽節目。✗

（3）六十年代武俠電影〈如來神掌〉，曾經轟動一時。✗

當書名號內還須要使用書名號時，外面一層用雙書名號，裏面一層就用單書名號。例如：

（4）中華書局出版的《〈史記〉人名索引》是一部很有用的工具書。

（5）李教授的新作《金庸〈神鵰俠侶〉和〈射鵰英雄傳〉比較研究》，十分暢銷。

2　單書名號的本地用法

香港目前慣以單書名號標示文章，雙書名號標示書本。內地則無論是整本書或單篇文章，一律使用雙書名號（第一層）或單書名號（第二層）。兩地這種差異，須特別注意。試比較以下兩組例句：

（1）a. 教育局局長在報紙刊登了一封〈給家長的公開信〉。（香港慣常用法）
　　　b. 教育局局長在報紙刊登了一封《給家長的公開信》。（內地規範用法）

（2）a. 余光中《記憶像鐵軌一樣長》裏的〈摧魂鈴〉，是一篇名作。（香港慣常用法）
　　　b. 余光中《記憶像鐵軌一樣長》裏的《摧魂鈴》，是一篇名作。（內地規範用法）

這種差異，有時甚至會導致同表一意，但兩種書名號標示形式完全相反的情況。例如：

（3）a. 陳大明的〈錢鋼《唐山大地震》讀後感〉取得中
學生閱讀報告比賽冠軍。（香港慣常用法）

b. 陳大明的《錢鋼〈唐山大地震〉讀後感》取得中
學生閱讀報告比賽冠軍。（內地規範用法）

至於選用哪一種形式，目前沒有強制規定。無論選用哪一
種形式的書名號，總原則都是：前後協調一致。

3　書名號的其他形式

另一種書名號形式是在書名之下的浪線，沒有雙書名號和
單書名號之分。現在只用於古籍或跟古籍相關的文字裏。例如：

（1）呂不韋乃使其客人人著所聞，集論以為八覽、六論、
十二紀，二十餘萬言。以為備天地萬物古今之事，號
曰呂氏春秋。（見《史記・呂不韋列傳》，中華書局標
點本，1975 年版，頁 2510。）

（2）【愚芚】無知貌。莊子 齊物論：〝眾人役役，聖人愚
芚。〞（見《辭源》，頁 1151。）

4　恰當區別和選用書名號和引號

書名號可用於標示文獻材料和音像、視像節目或專輯等作
品或出版物的名稱；但與這些材料和專輯相關的計劃、比賽、
展覽、講座、報告、研究等各種活動的名稱，都不以書名號標
示。如須標示，須用引號。請看以下各例：

（1）a. 這部厚厚的香港粵語電影研究，是去年香港粵語電影研究國際研討會與會學者的論文選集。✔

    b. 這部厚厚的《香港粵語電影研究》，是去年"香港粵語電影研究"國際研討會與會學者的論文選集。✔

    c. 這部厚厚的《香港粵語電影研究》，是去年《香港粵語電影研究》國際研討會與會學者的論文選集。✘

（2）a. 香港文化博物館舉辦莫奈印象展覽，這幾天都人頭湧湧。限量珍藏版畫冊莫奈印象在展覽首天已售罄。✔

    b. 香港文化博物館舉辦"莫奈印象"展覽，這幾天都人頭湧湧。限量珍藏版畫冊《莫奈印象》在展覽首天已售罄。✔

    c. 香港文化博物館舉辦《莫奈印象》展覽，這幾天都人頭湧湧。限量珍藏版畫冊《莫奈印象》在展覽首天已售罄。✘

（3）a. 親子講故事大賽總決賽將於下月一日假大會堂劇院舉行。未能到現場觀賽的朋友萬勿錯過電視台於下月八日播出的親子講故事大賽總決賽。✔

    b. "親子講故事大賽總決賽"將於下月一日假大會堂劇院舉行。未能到現場觀賽的朋友萬勿錯過電視台於下月八日播出的《親子講故事大賽總決賽》。✔

c.《親子講故事大賽總決賽》將於下月一日假大會堂劇院舉行。未能到現場觀賽的朋友萬勿錯過電視台於下月八日播出的《親子講故事大賽總決賽》。✗

　　句組（1）各句中，"香港粵語電影研究"出現兩次，前者是書名，可以不加任何標號，也可以加書名號標示；後者是研討會名稱，可以不加任何標號，也可以加引號標示，以表強調。句組（1）的句 c 誤以書名號標示第二次出現的"香港粵語電影研究"，故不正確。句組（2）各句中，"莫奈印象"出現兩次，前者是展覽，可以不加任何標號，也可以加引號標示，以表強調；後者是畫冊名稱，可以不加任何標號，也可加書名號標示。句組（2）的句 c 誤以書名號標示第一次出現的"莫奈印象"，故不正確。句組（3）各句中，"親子講故事大賽總決賽"出現兩次，前者是比賽名稱，可以不加任何標號，也可以加引號標示，以表強調；後者是節目名稱，可以不加任何標號，也可以加書名號標示。句組（3）的句 c 誤以書名號標示第一次出現的"親子講故事大賽總決賽"，故不正確。

　　以上說明了書名號和引號的區別。各句中即使不用書名號和引號，細心的讀者憑上下文理也能掌握句意（見各組的句a）。因此各句中的書名號和引號只起着輔助表意作用。以下兩例，書名號和引號則起着表意的決定性作用：

（4）a. 在立法會選舉論壇中，多位候選人激烈爭辯，各不相讓。

b. 在"立法會選舉論壇"中，多位候選人激烈爭辯，各不相讓。（活動，強調。）

　　c. 在《立法會選舉論壇》中，多位候選人激烈爭辯，各不相讓。（節目名稱）

（5）a. 當今的商界領袖，不少都精通孫子兵法。

　　b. 當今的商界領袖，不少都精通"孫子兵法"。（泛指，強調。）

　　c. 當今的商界領袖，不少都精通《孫子兵法》。（書名）

　　句組（4）中"立法會選舉論壇"可指現場活動，也可指電視或電台特備節目。句 a 不加標號，一般會理解為現場活動，較少會理解為電視或電台節目。如須更準確表意，則必須按實際情況選用引號（見句 b）或書名號（見句 c）。句組（5）中"孫子兵法"可泛指孫子各種兵法，也可指《孫子兵法》這本書。句 a 不加標號，一般會理解為孫子各種兵法，較少會理解為書名。如須更準確表意，則必須按實際情況選用引號（見句 b）或書名號（見句 c）。由此可見，標號有時可決定句意。

互參

・前文：引號標示須強調的句子成分，見頁 146-147 引號功能第 2 項。

5　以書名號標示"書"的上下層結構

狹義的書名號專用於標示書本和篇章名稱。從"書"的角度看，使用書名號還涉及"書"的上層和下層結構問題。下表以單本書為"本層"結構，列出相對的上下層結構：

結構層次		名目
上層	上層	系列書／叢書，如： 中國古典小說叢書、巴金激流三部曲等。
	下層	系列書／叢書的一部分，如： 總序／前言、總目錄、總跋／後記、 附錄等。
本層		單本書，如： 水滸傳、三國演義、紅樓夢、西遊記。 家、春、秋。
下層		單本書的一部分，如： 序文／前言、目錄、章／節、跋／後記、附錄等。

應否及如何用書名號標示"書"的上下層結構？這問題目前未有定論。現據上表，舉出一些例子，再作討論：

（1）a. 中國古典小說叢書中的《三國演義》，榮登本週十大暢銷書榜之首位。

　　　b. "中國古典小說叢書"中的《三國演義》，榮登本週十大暢銷書榜之首位。

　　　c. 《中國古典小說叢書》中的《三國演義》，榮登本週十大暢銷書榜之首位。

（2）a. 激流三部曲中的《家》，是巴金的代表作。

　　　b. "激流三部曲"中的《家》，是巴金的代表作。

　　　c.《激流三部曲》中的《家》，是巴金的代表作。

　　句組（1）和句組（2）涉及"書"的本層和上層結構。句組（1）中"中國古典小說叢書"是二十部古典小說的合集；句組（2）"激流三部曲"是三部長篇小說的合稱：兩者本身都並不是一部書，而是書的集合。從"並不是一部書"的角度看，宜以引號標示，或不加標號（分見兩組的句 b 和句 a）；從"是書的集合"和書名號廣義用法角度看，則應以書名號標示（見兩組的句 c）。兩種做法目前無定論，讀者可斟酌選用。再看以下兩例：

（3）a. 出版社在《三國演義》的前言中介紹了作者羅貫中的生平事跡。

　　　b. 出版社在《三國演義》的"前言"中介紹了作者羅貫中的生平事跡。

　　　c. 出版社在《三國演義》的《前言》中介紹了作者羅貫中的生平事跡。

　　　d. 出版社在《三國演義》的〈前言〉中介紹了作者羅貫中的生平事跡。

（4）a. 巴金在《家》的後記中說明了他寫這部書時的心情。

b. 巴金在《家》的“後記”中說明了他寫這部書時的心情。

c. 巴金在《家》的《後記》中說明了他寫這部書時的心情。

d. 巴金在《家》的〈後記〉中說明了他寫這部書時的心情。

句組（3）和句組（4）涉及“書”的本層和下層結構。句組（3）中“前言”和句組（4）“後記”都是“書”的一部分。如抽出獨立看，“前言”和“後記”一般都是一篇文章。書名號既可用於標示文章，則兩個句組的句 c 應是恰當的標示方式。但《三國演義》和《前言》，《家》和《後記》明明屬兩個層次，前者包納後者，卻同以書名號標示，這在結構層次和閱讀視覺上都不甚協調。兩個句組的句 a，“前言”和“後記”都不加標示，並不影響表意，也排除了上述不協調情況。句 b 以引號標示，強調“前言”和“後記”這兩篇文章。至於句 d，以單書名號（即港式篇名號）標示“前言”和“後記”，在結構層次和閱讀視覺上最能顯示書（《三國演義》、《家》）和篇（〈前言〉、〈後記〉）的上下層次關係。總之，使用書名號有時並無絕對對錯標準，而有不同考量和選擇。讀者如一定要定出“答案”，句 c 或許是目前最符合《新國標》準則的標示方式。

本節終結前再補充一點：上文曾說叢書本身並不是一部書，乃是指一般情況。有時“叢書”可以是書的名稱，其篇幅容量較普通一本書大，例如《古逸叢書》和《續古逸叢書》。

行文提及這樣的"叢書"時，如不影響表意，可以不加標號；如須加上標號，就應選書名號：

（5）a. 古逸叢書和續古逸叢書結集我國多種古籍珍品，極具參考價值。✓

b. "古逸叢書"和"續古逸叢書"結集我國多種古籍珍品，極具參考價值。✗

c.《古逸叢書》和《續古逸叢書》結集我國多種古籍珍品，極具參考價值。✓

6　以書名號配合間隔號標示三層結構

以同一款書名號標示"書"的上層、本層、下層結構，容易導致層次不清的問題。這問題可以用"間隔號"解決。現以下面六組句子為例說明，先看包含本層和下層結構的句子：

（1）a. 出版社在《三國演義》的《前言》中介紹了作者羅貫中的生平事跡。

b. 出版社在《三國演義・前言》中介紹了作者羅貫中的生平事跡。

（2）a. 巴金在《家》的《後記》中說明了他寫這部書的心情。

b. 巴金在《家・後記》中說明了他寫這部書的心情。

以上兩句組的句 b 以 "間隔號" 置於本層和下層結構之間，標示後者是前者一部分。這樣就可以省去一個書名號，結構層次表述也較簡明、清晰。句 a 和句 b 都符合規範，可供選擇。至於本層和上層結構，也可以用相同方法處理：

（3）a. 《中國古典小說叢書》中的《三國演義》，榮登本週十大暢銷書榜之首位。

b. 《中國古典小說叢書・三國演義》榮登本週十大暢銷書榜之首位。

（4）a. 《激流三部曲》中的《家》，是巴金的代表作。

b. 《激流三部曲・家》是巴金的代表作。

包含上層、本層、下層三層結構的句子，也可以用間隔號減少書名號數量，令文句更清晰易讀：

（5）a. 出版社在《中國古典小說叢書》中《三國演義》的《前言》裏，介紹了作者羅貫中的生平事跡。

b. 出版社在《中國古典小說叢書・三國演義・前言》裏介紹了作者羅貫中的生平事跡。

（6）a. 巴金在《激流三部曲》中《家》的《後記》裏說明了他寫這部書的心情。

　　b. 巴金在《激流三部曲・家・後記》裏說明了他寫這部書的心情。

互參

・後文：　間隔號標示文獻或作品不同結構層次的分界，見頁 260-261 間隔號功能第 1 項。

7　在多層結構中靈活取捨書名號

　　以上第 5 第 6 兩項旨在提出以書名號標示三層結構的基本處理原則，但現實情況複雜多變，不能一概而論。實際應用時，須按個別情況，結合社會約定俗成的習慣，合理地靈活取捨書名號。現以一個涉及多層結構的實例，再作說明。先仍從三層結構說起：

（1）a. 香港特別行政區基本法第一章總則第六條列明 "香港特別行政區依法保護私有財產權"。

　　b. 《香港特別行政區基本法》《第一章》《總則》《第六條》列明 "香港特別行政區依法保護私有財產權"。

　　c. 《香港特別行政區基本法》《第一章：總則》《第六條》列明 "香港特別行政區依法保護私有財產權"。

d.《香港特別行政區基本法》第一章《總則》第六條列明"香港特別行政區依法保護私有財產權"。

e.《香港特別行政區基本法・第一章總則・第六條》列明"香港特別行政區依法保護私有財產權"。

f.《香港特別行政區基本法》第六條列明"香港特別行政區依法保護私有財產權"。

句組（1）內容涉及的三層結構是：基本法本身（上層），第一章（中層）和第六條（下層），可表列為：

結構層次	結構名目	內容統稱
上層	基本法（文件本身）	香港特別行政區基本法
中層	第一章（文件內的一章）	總則
下層	第六條（第一章內的一條）	-----

句a純用文字表述，不加書名號，仍能清楚表意，只是層次稍欠突出。句b三層結構一律以書名號標示，但並列的四個書名號其實只涉及三個層次，其中第一章和總則是結構名目及其內容統稱，應以同一個書名號統括；分開標示令層次不清，做法並不理想。句c以三個書名號標示三個層次，其中第一章及總則之間以冒號顯示結構名目和內容統稱的關係，層次較清晰。句d只以書名號標示內容統稱，不標示結構名目，較能突出內容要點。句e則以間隔號配合書名號標示三層結構，無論從結構名目和內容統稱兩方面都能理清層次，但行文較煩瑣，並非目前通行的做法。句f則是目前通行的表述方式，原因詳下文說明。

查《基本法》正文共有六層結構，如下表所示：

結構層次	結構名目	說明
第一層	基本法 （文件本身）	全稱為《中華人民共和國香港特別行政區基本法》
第二層	章	共有九章，每章都有內容統稱，例如第三章為《居民的基本權利和義務》。
第三層	節	在第四章《政治體制》和第五章《經濟》之下再分若干節。第四章有六節，第五章有四節。
第四層	條	共有一百六十條，以"章斷條連"式編號，由"一"至"一百六十"，貫通基本法全書。編號順序不因分章分節而間斷，以便引錄查考。
第五層	款	即"條"下的段落，第一段即第一款，第二段即第二款。
第六層	項	即"款"下的細項，以圓括號及中文數目字逐一編號，如（一）、（二）、（三）。

現再看一個涉及多層結構的句組：

（2）a. 香港特別行政區基本法第三章居民的基本權利和義務第二十四條第二款第（一）項列明"在香港特別行政區成立以前或以後在香港出生的中國公民"為香港特別行政區永久性居民之一。

b. 《香港特別行政區基本法》《第三章》《居民的基本

権利和義務》《第二十四條》《第二款》《第（一）項》列明“在香港特別行政區成立以前或以後在香港出生的中國公民”為香港特別行政區永久性居民之一。

c.《香港特別行政區基本法》《第三章：居民的基本權利和義務》《第二十四條》《第二款》《第（一）項》列明“在香港特別行政區成立以前或以後在香港出生的中國公民”為香港特別行政區永久性居民之一。

d.《香港特別行政區基本法》第三章《居民的基本權利和義務》第二十四條第二款第（一）項列明“在香港特別行政區成立以前或以後在香港出生的中國公民”為香港特別行政區永久性居民之一。

e.《香港特別行政區基本法・第三章居民的基本權利和義務・第二十四條・第二款・第（一）項》列明“在香港特別行政區成立以前或以後在香港出生的中國公民”為香港特別行政區永久性居民之一。

f.《香港特別行政區基本法》第二十四條第二款第（一）項列明“在香港特別行政區成立以前或以後在香港出生的中國公民”為香港特別行政區永久性居民之一。

　　句 a 純用文字表述，不加書名號，雖尚能清楚表意，但引文前共有三十六字，不利閱讀和突出層次。句 b 五層結構一律以書名號標示，但並列的六個書名號其實只涉及五個層次，其中第三章和居民的基本權利和義務是文件結構名目及其內容統稱，應以同一個書名號統括；分開標示令層次不清，做法並不理想。句 c 以五個書名號標示五個層次，其中第三章及居民的基本權利和義務之間以冒號顯示文件結構名目及內容統稱的關係，層次較清晰。句 d 只以書名號標示內容統稱，不標示文件結構名目，較能突出內容要點。句 e 則以間隔號配合書名號標示五層結構，無論從文件結構名目和內容統稱兩方面都能理清層次，但行文顯得煩瑣冗贅，並非目前通行的做法。句 f 則是目前通行的表述方式。

以下並列句組（1）的句 f 和句組（2）的句 f，再說明其通行的原因：

<u>句組 1 句 f</u>
《香港特別行政區基本法》第六條列明"香港特別行政區依法保護私有財產權"。

<u>句組 2 句 f</u>
《香港特別行政區基本法》第二十四條第二款第（一）項列明"在香港特別行政區成立以前或以後在香港出生的中國公民"為香港特別行政區永久性居民之一。

以上兩句有兩點共通之處：
一、 引錄或指涉《基本法》條文時，以第四層"條"為索引總綱，省去"章"、"節"（如有）這些上層結構；
二、 除《基本法》本身加上書名號外，其餘結構層次一律不加書名號。

《基本法》正文以"章斷條連"式編排，便於引錄：內容分成一百六十"條"，由"一"至"一百六十"逐一編號，引錄或指涉原文時，作者只須寫明條號，讀者即能快速查考。因此，實際行文時，一般不必寫出條文所在之"章"、"節"（學術上的章節研究除外）。至於書名號，習慣只用於標示《基本法》名稱，其下層結構如"章"、"節"、"條"、"款"等，一律不加書名號。以上兩種做法，目的都是精簡行文，提高傳意效率。如果引文出於"條"以下的結構層次，即"款"、"項"兩者，則必須清楚列明，但各結構層次名目都不必加上書目號（見句組 2 句 f）。

8　以書名號、引號和間隔號標示與文字媒體相關的內容

　　與文字媒體如報紙和百科網站相關的內容，涉及多層結構。目前不同層次的標號運用情況頗為複雜。以下先列表顯示不同結構層次，再舉例說明：

結構層次	報紙（香港日報）	網站（世界百科）
上層 （機構）	報紙（香港日報）的營運機構：香港日報出版社	網站（世界百科）的營運機構：世界百科基金會
本層 （出版物）	報紙本身，即香港日報。	網站本身，即世界百科網站。
下層 （出版物的一部分）	報紙版面／副刊，如：國際版、港聞版、文藝版。	網站分頁，如：中華文化分頁
再下層 （出版物的一部分）	專欄／副刊內文章。	分頁內條目。

現從上層結構開始舉例說明。請看以下句組：

（1）a. 香港日報出版社的新辦公室今天啟用了。

　　　b.《香港日報》出版社的新辦公室今天啟用了。

　　　c. "香港日報出版社"的新辦公室今天啟用了。

　　　d. "《香港日報》出版社"的新辦公室今天啟用了。

（2）a. 他是世界百科基金會香港區主席。

　　　b. 他是《世界百科》基金會香港區主席。

　　　c. 他是 "世界百科基金會" 香港區主席。

　　　d. 他是 "《世界百科》基金會" 香港區主席。

　　以上句組（1）和句組（2）中的各個句例在理論上都可以是合理的表述方式。句 a 的機構全稱不加標號，直接表述；句 b 以書名號標示機構全稱中的出版物名稱；句 c 以引號標示機構全稱，以表強調；句 d 則以書名號標示機構全稱中的出版物名稱，再以引號標示機構全稱。在實際應用上，句 a 不加標號，表意清晰，應無爭議。句 b 中出版物名稱已成為機構全稱的一部分，一般不必再加書名號。類似實例如 "成報大廈"（位於北角）、"明報工業中心"（位於柴灣）等。實例中的 "成報"、"明報" 都成為整個詞語的一部分（定語），指稱後面的主體，不必標上書名號。句 c 在標示讀者可能感到陌生的機構時，或在須要表示強調的情況下，也常用。句 d 的書名號並不必要，理由已見句 b 的說明。

當機構名稱不以全稱表述，而以簡稱，即一般以其出版物名稱表述時，情況略有不同。請看這兩個句組：

（3）a. 香港日報決定下年度大幅裁員。

　　　b.《香港日報》決定下年度大幅裁員。

　　　c."香港日報"決定下年度大幅裁員。

（4）a. 世界百科主席艾利斯將於明年六月退休。

　　　b.《世界百科》主席艾利斯將於明年六月退休。

　　　c."世界百科"主席艾利斯將於明年六月退休。

句組（3）中"決定下年度大幅裁員"的是出版《香港日報》這份報紙的出版社，不是實物報紙本身；句組（4）"將於明年六月退休"的主席是營運《世界百科》這個網上資料庫的機構主席，不是一部網上百科全書的主席。兩個句組中的"香港日報"和"世界百科"都屬上層結構，是機構名稱，在理論上不應加上書名號。因此，兩個句組中的句 a 和句 c 都較恰當：前者不加標示，後者加上引號表示強調。句 b 則不恰當，因誤以書名號標示機構名稱。不過，實際應用上須注意兩點：

第一，兩個句組中句 b 的"香港日報"和"世界百科"，按一般語用習慣，讀者不會只據書名號而死板地理解成報紙和資料庫本身，而會據整句句意理解成"《香港日報》的出版社"和"《世界百科》的營運機構"。因此，兩個句組中句 b 的意思按實際語用習慣可分別理解為：

《香港日報》（出版社）決定下年度大幅裁員。
《世界百科》（基金會）主席艾利斯將於明年六月退休。

類似實例如：

語文教育及研究常務委員會（語常會）及《明報》於
2012/13 學年開始舉辦「小作家培訓計劃」。（見小作家培訓計劃
簡介：https://www.writerstraining.com/about）

以上實例中舉辦"小作家培訓計劃"的是兩個機構：語常
會和明報。其中"明報"以書名號標示，但指的並非一份實物
報紙，而是出版這份報紙的機構。句中的書名號理論上應該刪
去，但實際上這是目前本地約成俗成的用法。讀者可自行決定
嚴守用法理論還是隨俗。

第二，以引號標示機構名稱以示強調的做法，一般多用於
讀者可能感到陌生的機構。如果是人所皆知的機構，則不必加
上引號，以下兩例的引號就顯得多餘：

"香港電車有限公司"決定下年度大幅裁員。
"匯豐銀行"主席艾利斯將於明年六月退休。

但"香港日報"和"世界百科"這兩個機構名稱跟"香港
電車有限公司"和"匯豐銀行"性質不同。前兩者既是機構簡
稱又是其出版物名稱，後兩者並無此特質。因此，對於"香港

日報"和"世界百科"這種"名稱雙關"的情況，以書名號標示出版物名稱，以引號標示機構名稱似乎是可避免混淆的做法。如從這角度看，上述兩個句組中句c的引號除了表示強調，還有區別名稱性質的作用，可以接受。

以上是有關上層結構標號用法的討論，現在談談兼有上層和本層結構的情況。請看這兩個句組：

（5）a. 陳先生接任香港日報總編輯。（兼有上層和本層結構）

（可理解為：陳先生接任香港日報出版社總編輯。）（上層結構）

（可理解為：陳先生接任《香港日報》的總編輯。）（本層結構）

b. 陳先生接任《香港日報》總編輯。（本層結構）

（習慣上也可理解為：陳先生接任香港日報出版社總編輯。）（上層結構）

c. 陳先生接任"香港日報"總編輯。（上層結構）

（相當於：陳先生接任"香港日報出版社"總編輯。）（上層結構）

（6）a. 何小姐曾任世界百科媒體管理員。（兼有上層和本層結構）

（可理解為：何小姐曾任世界百科基金會媒體管理員。）（上層結構）

（可理解為：何小姐曾任《世界百科》的媒體管理員。）（本層結構）

b. 何小姐曾任《世界百科》媒體管理員。（本層結構）（習慣上也可理解為：何小姐曾任世界百科基金會媒體管理員。）（上層結構）

c. 何小姐曾任"世界百科"媒體管理員。（上層結構）（相當於：何小姐曾任"世界百科基金會"媒體管理員。）（上層結構）

句組（5）句 a 的"香港日報"和句組（6）句 a 的"世界百科"，因沒帶任何標號，在句意上可指上層結構，即出版和營運機構的簡稱；也可指本層結構，即報紙和網上百科全書本身。兩個句組的句 b，以書名號標示本層結構，但習慣上也可理解為上層結構。句 c 則以引號標示並強調上層結構，但由於出版物和機構名稱相同，如讀者將句 c 引號所標示的內容理解為本層結構，即出版物，則可能會認為作者用錯引號。實際行文時，上下文應有助釐清句意，否則宜更準確選擇標號和行文，務求明確區分上層和本層結構，以免引起誤會。

以下討論本層和下層結構的情況。先談本層結構，請看這兩個句組：

（7）a. 全港讀者數量第一的收費報紙是香港日報。

b. 全港讀者數量第一的收費報紙是《香港日報》。

c. 全港讀者數量第一的收費報紙是"香港日報"。✗

（8）a. 世界百科是不少學生上網尋查資料的首選。

　　b.《世界百科》是不少學生上網尋查資料的首選。

　　c. "世界百科" 是不少學生上網尋查資料的首選。✗

　　書名號專用於標示各類出版物或作品。《香港日報》是印刷出版物；《世界百科》是《世界百科全書》的簡稱，是網上出版物。在句中表示這兩個本層結構時，可以不加標號如句 a，也可以加書名號如句 b。句 c 用引號標示本層結構，並不恰當。

　　再談本層和下層結構同時出現的例子。先看涉及兩層結構的句組：

（9）a. 徵文比賽得獎作品將於香港日報文藝版連載。

　　b. 徵文比賽得獎作品將於《香港日報》文藝版連載。

　　c. 徵文比賽得獎作品將於《香港日報》"文藝版" 連載。

　　d. 徵文比賽得獎作品將於《香港日報》《文藝版》連載。

　　e. 徵文比賽得獎作品將於《香港日報》〈文藝版〉連載。

　　f. 徵文比賽得獎作品將於《香港日報・文藝版》連載。

（10）a. 世界百科中華文化分頁內容豐富。

　　b.《世界百科》中華文化分頁內容豐富。

c.《世界百科》"中華文化"分頁內容豐富。

d.《世界百科》《中華文化》分頁內容豐富。

e.《世界百科》〈中華文化〉分頁內容豐富。

f.《世界百科‧中華文化》分頁內容豐富。

　　兩個句組的句 a 不用任何標號，不影響句意表達，是恰當做法。句 b 以書名號標示本層結構，下層結構"文藝版"和"中華文化"分頁不作標示，也沒有問題。句 c 以書名號標示本層結構，以引號標示下層結構，則不合邏輯。因為"文藝版"和"中華文化"分頁都是"出版物"的一部分，即分別與本層結構"香港日報"和"世界百科"同屬相同結構範圍，只有本層和下層之別。因此，句 c 以引號標示"文藝版"和"中華文化"分頁，是混淆了概念，理論上並不恰當，但目前社會上這種做法頗常見，這再次反映出理論和實際情況的分歧。句 d 分別以雙書名號標示並排的本層和下層結構，理論上說得通，但在視覺上並排兩個雙書名號，模糊了層次關係，效果不佳。句 e 以雙書名號標示本層結構，以單書名號標示下層結構，層次清晰，但不符內地規範用法。句 f 以雙書名號配合間隔號標示本層和下層結構，眉目清晰，用法規範，解決了句 d 和句 e 的問題，也間接說明了"文藝版"和"中華文化"分頁是"出版物"的一部分，所以用書名號統括。

　　再看涉及三層結構的句組：

（11）a. 他們輪流在香港日報國際版的世事如棋專欄發表政論。

b. 他們輪流在《香港日報》國際版的世事如棋專欄發表政論。

c. 他們輪流在《香港日報》"國際版"的"世事如棋"專欄發表政論。

d. 他們輪流在《香港日報》《國際版》的《世事如棋》專欄發表政論。

e. 他們輪流在《香港日報》〈國際版〉的〈世事如棋〉專欄發表政論。

f. 他們輪流在《香港日報·國際版·世事如棋》專欄發表政論。

（12）a. 世界百科中華文化分頁的醫藥條目介紹了中醫五行理論。

b.《世界百科》中華文化分頁的醫藥條目介紹了中醫五行理論。

c.《世界百科》"中華文化分頁"的"醫藥"條目介紹了中醫五行理論。

d.《世界百科》《中華文化分頁》的《醫藥》條目介紹了中醫五行理論。

e.《世界百科》〈中華文化分頁〉的〈醫藥〉條目介紹了中醫五行理論。

f.《世界百科·中華文化分頁·醫藥》條目介紹了中醫五行理論。

上述三層結構指本層、下層和再下層，標號運用情況可按兩層結構的分析類推，於此不贅。書名號配合間隔號標示不同層次關係的做法，一般宜以三層為上限，如超出三層，則應改變句式，靈活表述。

互參

- 前文：引號標示須強調的句子成分，見頁 146-147 引號功能第 2 項。
- 後文：間隔號標示文獻或作品不同結構層次的分界，見頁 260-261 間隔號功能第 1 項。

9　書名號標示互不從屬或不同結構層次的作品

上文第 5 至 8 項討論的不同結構層次，都有上下層從屬關係，可用書名號配合間隔號清楚標示。至於互不從屬或非上下層結構關係的標示方法，略有不同。請看以下句組：

（1）a. 我最近細讀了烈佬傳、錯誤、茶館和張中丞傳後敍這些名作。

　　　b. 我最近細讀了《烈佬傳》、《錯誤》、《茶館》和《張中丞傳後敍》這些名作。

　　　c. 我最近細讀了長篇小說《烈佬傳》、新詩《錯誤》、劇本《茶館》和古文《張中丞傳後敍》這些名作。

　　　d. 我最近細讀了香港作家黃碧雲的長篇小說《烈佬傳》，台灣作家鄭愁予的新詩《錯誤》，中國作家老舍的劇本《茶館》和唐代古文家韓愈的《張中丞傳後敍》這些名作。

（2）a. 我在林沖夜奔的旋律中讀完了林沖夜奔，再來欣賞林沖夜奔。

　　　b. 我在《林沖夜奔》的旋律中讀完了《林沖夜奔》，再來欣賞《林沖夜奔》。

　　　c. 我在古箏曲《林沖夜奔》的旋律中讀完了新詩《林沖夜奔》，再來欣賞戲曲《林沖夜奔》。

　　　d. 我在古箏家王昌元彈奏的《林沖夜奔》的旋律中讀完了台灣作家楊牧的新詩《林沖夜奔》，再來欣賞戲曲名家裴艷玲演出的《林沖夜奔》。

　　標號的作用是標示、提醒。行文表意如已清晰，可以不加標號。上面句組（1）的句a已在句末清楚說了"這些名作"，前面並列的四者是其所指，可以不加書名號。不過句組（2）的句a行文未能清晰表明三個"林沖夜奔"的性質，就必須加上書名號。由此可見，加與不加，要視乎個別實際情況而定。兩個句組的句b在相關項目添加書名號，標示屬作品或出版物這大類，但未能標明個別項目的具體細類，這是書名號的局限。如須具體說明這些互不從屬的個別項目的性質，則要輔以文字說明。兩個句組的句c扼要說明了每個以書名號標示項目的性質，句d則作更詳細的說明。

10　並列書名號之間的點號

《新國標》指出在引號和書名號之間通常不用點號。以下兩句中，句（2）不屬於新國標所指的"通常"做法：

（1）《大學》《中庸》《論語》《孟子》，合稱《四書》。
　　（《新國標》所指"通常"用法。）
（2）《大學》、《中庸》、《論語》、《孟子》，合稱《四書》。
　　（香港"通常"用法。）

從理論上看，書名號並非點號，其主要作用不在於表示語氣停頓。因此，句（2）其實比句（1）更合邏輯，也是香港"通常"用法。從方便讀寫和精簡版面角度看，句（1）要比句（2）優勝。兩者各有可取之處。在此請讀者理解：不符合《新國標》所指"通常"的做法不一定就是"錯誤"。不同標準產生不同規範，任何標準都可以討論修訂，《新國標》也不例外。

互參
・前文：頓號用於標有引號或書名號的並列成分之間，見頁 74-77 頓號應用須知第 7 項。

11　避免濫用書名號

書名號應用範圍廣，在各標號中，視覺上較平衡，或許也有人認為較美觀。因此有人為了突出某些文詞，吸引視線，就一概以書名號標示。商業廣告口號標語如《年度最佳樓盤》、

《萬眾期待》、《超級大特惠》等等，都是濫用書名號的例子。這些"書名號"徒具形式，用者只取其美觀悅目，以收強調之效，可視為引號的"變體"。

書刊或文件印在本身封面、書脊、扉頁及版權頁上的名稱，通常不加書名號。讀者可以本書為例：本書封面、書脊、扉頁及版權頁上均印有書名"香港語境標點符號應用手冊（增訂版）"，但都不加書名號。

此外，課程名稱、證書、文憑、獎狀、獎盃等，一般不視為作品或出版物，其名稱如無必要可不加標示。如須標示，應用引號，不宜用書名號。以下三個句組中的句 d 都不恰當：

（1）a. 漫畫入門和素描初階這兩個課程，名額已滿。
　　　b."漫畫入門"和"素描初階"這兩個課程，名額已滿。
　　　c.「漫畫入門」和「素描初階」這兩個課程，名額已滿。
　　　d.《漫畫入門》和《素描初階》這兩個課程，名額已滿。✗

（2）a. 領取學士學位畢業證書和幼兒教育高級文憑的同學須出示學生證。
　　　b. 領取學士學位"畢業證書"和"幼兒教育高級文憑"的同學須出示學生證。

c. 領取學士學位「畢業證書」和「幼兒教育高級文憑」的同學須出示學生證。

d. 領取學士學位《畢業證書》和《幼兒教育高級文憑》的同學須出示學生證。 ✗

（3）a. 他們榮獲青少年科技創新大賽一等獎並奪得總冠軍盃——愛迪生盃。

b. 他們榮獲"青少年科技創新大賽一等獎"並奪得總冠軍盃——"愛迪生盃"。

c. 他們榮獲「青少年科技創新大賽一等獎」並奪得總冠軍盃——「愛迪生盃」。

d. 他們榮獲《青少年科技創新大賽一等獎》並奪得總冠軍盃——《愛迪生盃》。 ✗

（六）專名號

■ 定義

標號的一種，標示古籍和某些文史類著作中出現的特定類專有名詞。

■ 書寫規格

形　　式："＿＿"。

佔用空間：不佔漢字方塊空間，長度跟專名相等。

位　　置：加在專名之下，可以隨字移行。

■ 功能

1　標示文中的專有名詞。

（1）　日本首相小泉純一郎參拜靖國神社後，南韓總統金大中發表聲明說："對於那些企圖忘記，又或無視對我們民族萬般加害事實的人，我們怎麼能和他們做好朋友？"

（2）　中國的東三省，指遼寧、吉林、黑龍江。

（3）　這兩個青花大盤，一個是<u>明朝</u><u>永樂</u>年間的製品，另一個是<u>清朝</u><u>乾隆</u>年間的製品。

（4）　<u>基督教</u>、<u>佛教</u>和<u>伊斯蘭教</u>並列為世界三大宗教。

（5）　<u>蒙古</u>、<u>維吾爾</u>、<u>哈薩克</u>……都是我國的少數民族。

（6）　<u>李斯</u>者，<u>楚</u><u>上蔡</u>人也。

補充說明

· 例（1）標示國家名稱、人物名稱、建築物名稱，例（2）標示國家名稱、省份名稱，例（3）標示朝代名稱和年號，例（4）標示宗教名稱，例（5）標示民族名稱，例（6）是古書用例，標示人物、國家和地方名稱。

· 專名號在日常文字中，已不甚流行。以上例（1）至例（5）的專名號都可以省略。

■ 應用須知

1　專名號的特別應用語境

　　專名號在現代書面中文裏，使用度日漸減低。現在一般只在古文典籍的現代標點本中應用。[1] 不過，如須清楚標示書本和文件的專名時，仍可採用，例如中國歷史教本和公開試的試卷。以下引錄一段標點本《史記·孔子世家》和《辭源》一個條目，以見專名號使用情況：

1　《中華人民共和國國家標準·標點符號用法》1996 年和 2012 年版都指出 "專名號" 只用在古籍。1996 年版在 "專名號" 之下其中一項指明 "專名號只用在古籍或某些文史著作裏面"；2012 年版《新國標》"專名號" 定義為 "標號的一種，標示古籍和某些文史類著作中出現的特定類專有名詞"。兩者都限制 "專名號" 只使用於 "古籍" 和 "某些文史類著作"。香港中小學中國歷史教科書，仍廣泛使用專名號。

（1）<u>孔子</u>生<u>魯</u> <u>昌平鄉</u> <u>陬邑</u>。其先宋人也，曰<u>孔防叔</u>。<u>防叔</u>生<u>伯夏</u>，<u>伯夏</u>生<u>叔梁紇</u>。<u>紇</u>與<u>顏氏</u>女野合而生<u>孔子</u>，禱於<u>尼丘</u>得<u>孔子</u>。<u>魯襄公</u>二十二年而<u>孔子</u>生。生而首上圩頂，故因名曰<u>丘</u>云。字<u>仲尼</u>，姓<u>孔氏</u>。

（中華書局標點本《史記》，1975 年版，頁 1905。）

（2）【<u>杭州</u>】府名。<u>春秋</u>時<u>吳越</u>二國之境。本名<u>錢塘</u>。<u>漢</u>為<u>會稽郡</u>。<u>隋</u>置<u>杭州</u>，<u>大業</u>初改為<u>餘杭郡</u>。<u>唐</u>復置<u>杭州</u>。……

（商務印書館編輯部編《辭源》，1986 年版，頁 1533。）

　　在古籍中專名之下加上專名號，可讓現代讀者容易分辨專名，方便閱讀理解。現代書面中文則較少使用專名號。

2　專名號的標示界限

2.1　普通名詞不加專名號

　　姓名（專名）和職銜、稱謂（普通名詞）等連用時，只在姓名下加專名號。試比較以下兩個句組：

（1）a. <u>黃大德</u>局長休假期間，由<u>陳大明</u>副局長處理其職務。✔

　　　b. <u>黃大德局長</u>休假期間，由<u>陳大明副局長</u>處理其職務。✘

（2）a. <u>馬</u>博士和<u>李</u>小姐都是課程導師，<u>吳</u>教授是課程主任。✔

b.<u>馬博士</u>和<u>李小姐</u>都是課程導師，<u>吳教授</u>是課程主任。✗

第（1）組例句中"<u>黃大德</u>"是專名，"局長"並非專名，是普通名詞，所以專名號只加在"<u>黃大德</u>"之下，不及"局長"二字。第（2）組例句中"<u>馬</u>"、"<u>李</u>"、"<u>吳</u>"等姓氏才是專名，加專名號；"博士"、"小姐"、"教授"都是普通名詞，不加專名號。

2.2 成為專名一部分的普通名詞加專名號

某些普通名詞，如山、灣、港等，已成為專有名詞不能分割的一部分，專名號應延伸到這類名詞之下。試比較以下兩個句組：

（1）a.<u>銅鑼灣</u>、<u>箕箕灣</u>、<u>牛池灣</u>和<u>九龍灣</u>都是港鐵途經的地區。✓

b.<u>銅鑼</u>灣、<u>箕箕</u>灣、<u>牛池</u>灣和<u>九龍</u>灣都是港鐵途經的地區。✗

（2）a.<u>中國</u>、<u>美國</u>、<u>澳洲</u>都是領土遼闊的國家。✓

b.<u>中</u>國、<u>美</u>國、<u>澳</u>洲都是領土遼闊的國家。✗

2.3 "朝"、"代"二字與朝代專名連用時的專名號用法

本書代序引錄與讀者討論"明朝"的"朝"字下應否加上專名號的問題。這即"朝代"的"朝"字和"代"字應屬專名

一部分還是普通名詞的問題。以下再補充引錄辭典、字典和專著用例，供讀者參考：

把"朝"、"代"視為專名一部分的例子：

（1）舊版《辭海》（1947 年出版）"朝"字條目和"租界"條目的解釋：

【朝】　　時代之稱；如言<u>漢朝</u>、<u>晉朝</u>等。（頁 661）

【租界】　我國自<u>清代</u>與英人締結<u>江寧條約</u>，與<u>英</u> <u>法</u>人締結<u>天津條約</u>後，在指定之各通商口岸往往設有租界，其管理章程不盡相同。（頁 990）**²**

（2）劉玉琛《標點符號用法》（1978 年出版）專名號用法舉例：

<u>宋朝</u>、<u>唐代</u>、<u>元朝</u>。（頁 24）

（3）吳邦駒《最新標點符號用法》（1991 年出版）專名號用法舉例：

<u>宋朝</u>（頁 170）

（4）教育部國語推行委員會《重訂標點符號手冊》（2008 年修訂版）專名號用法舉例：

<u>漢朝</u>（頁 19）

把"朝"、"代"視為普通名詞的例子：

（5）《辭源》修訂本（1979 年出版）"朝"、"代" 及 "明史" 條目的解釋：

【朝】　　朝代。指整個王朝或某一皇帝的整個統治時期。貞觀政要八刑法魏徵疏："張湯輕重其心，漢朝之刑以弊。"（第二冊，頁 1488。）

【代】　　世代，時代……唐代時，因避李世民（太宗）諱，遇 "世" 字多改用 "代" 字。（第一冊，頁 170。）

【明史】　明史紀述自洪武元年至崇禎十七年明朝一代二百餘年之史實，在唐代以後官修的正史中，以材料豐富、體例比較嚴謹著稱。（第二冊，頁 1409。）

（6）《漢語大字典》（1986 年出版）"代" 字條目的解釋：

【代】　　朝代。如：漢代；唐代。（第一冊，頁 113。）

（7）《漢語大詞典》（1991 年出版）"朝" 字條目和 "掣驗" 條目的解釋：

【朝】　　朝代……晉 傅咸《贈何劭王濟》詩："赫赫大晉朝，明明闢皇闈。"唐 韓愈《答劉正夫序》："漢朝人莫不能為文，獨司馬相如、太史公、劉向、揚雄為之最。然則用功深者，其收名也遠。"（第 6 卷，頁 1311。）

2　舊版《辭海》於代字下加專名號的做法全書並不一致，以下兩條目中的代字，都不加專名號：1【朝野僉載】書名……其書記唐代軼事，多瑣屑猥雜；然亦多可據，故司馬光通鑑亦引用之。2【朝野類要】書名……宋代案牘之放與搢紳之習語，多與今殊，是書逐條解釋，開卷釐然。（均見頁 662。）

【掣驗】　抽查核驗。清代對鹽商販鹽的一種檢查措施。（第 6 卷，頁 635。）

（8）譚敏《全方位標點符號入門》（2003 年出版）專名號用法舉例：

唐朝（頁 106）

　　從以上引錄文例可見，"朝"、"代"二字與專名如"明"、"清"連用時，應否加上專名號，關乎我在本書代序中所說"我們怎樣去理解一個概念的問題"。目前視與專名連用的"朝"、"代"為普通名詞的似較多，但仍沒有絕對一致的答案。

（七）連接號 ⊟

定義

標號的一種，標示某些相關聯成分之間的連接。

書寫規格

形　　式："—"（一字線）、"-"（短橫線）、"～"（浪紋線）、"——"（長橫）[1]。

佔用空間："一字線"及"浪紋線"各佔一個漢字方塊，"短橫線"佔半個漢字方塊，"長橫"佔兩個漢字方塊。

位　　置：居中，把漢字方塊分為上下兩半；不出現在一行之首或一行之末。

功能

1　標示兩個或以上詞或詞組連接而成的意義單位。

---

[1]　在《新國標》頒行之前，連接號尚有"長橫"。《新國標》廢除長橫，只有短橫線、一字線和浪紋線三種形式。

1.1 第一組（用於地理區域）

（1）　倫敦—巴黎海底鐵路，車程只需約四小時。

（2）　受風暴影響，香港—廣州—北京的航機班次全部取消。

（3）　到大嶼山天壇大佛，可在梅窩碼頭乘坐梅窩—昂坪的巴士。

（4）　青衣島—馬灣大橋，簡稱"青馬大橋"。

（5）　"秦嶺—淮河"是中國一個自然地理區域。

（6）　香港和澳門的中學生籌組香港—澳門中學生聯盟，以促進兩地交流。

補充說明

- 以上各例，連接號把兩個或三個地區連繫起來，標示一個語言單位。例（1）至例（3）標示各類交通運輸路線，例（4）標示大橋連接的兩個地點，例（5）標示地理區域範圍，例（6）標示組織涉及的區域範圍。

- 以上各例，都以"一字線"為連接號基本形式。

1.2 第二組（用於事物發展過程）

（7）　不少人的求學歷程都是：幼稚園—小學—中學—大學。

（8）　蝴蝶的成長歷程有幼蟲—蛹—成蟲三個階段。

（9）　康熙—雍正—乾隆時期，清朝國力最強。

（10）起—承—轉—合是傳統文章結構觀念。

（11）這裏是地震活躍帶，地底有一系列呈東北—西南走向的大斷層。

（12）"聯誼舞"基本舞步分析：右前—左前—右後—左後。

補充說明

- 例（7）至例（10）標示各類事物的發展過程，例（11）標示地理方位走向，例（12）標示動作步驟。
- 以上各例，都以"一字線"為連接號基本形式。

1.3 第三組（用於音譯外來術語）

（13）焦耳—湯姆生效應（Joule-Thomson effect）是物理學中關於氣體冷卻及液化的效應。

（14）華沙—牛津規則（Warsaw-Oxford rules）由國際法學會訂立，是解釋國際貿易條件的一套規則。

（15）蓋革—彌勒計數器（Geiger-Muller counter）是測量輻射的儀器。

補充說明

- 以上三例標示音譯外來術語，保留了原詞本身連接兩個人名或地名的連接號。
- 這類例子習慣用"一字線"，也可以用"短橫線"，例如：焦耳－湯姆遜效應。一般不用"長橫"和"浪紋"。

2 標示時間和數字的起止。

（16）杜甫（712—770）是唐代（618—907）大詩人。

（17）九寨溝總面積達 720 平方公里，海拔 2000 ～ 4600 米。

（18）這裏冬季氣溫大約在 -20 ～ -5°C 之間。

（19）泳池開放時間是上午 9 ～ 12 時，下午 2 ～ 5 時，晚上 7 ～ 10 時。

（20）我們這個調查，把 "少年" 界定為 10 ～ 16 歲的階段。

補充說明

- 例（16）標示人物生卒年和朝代起訖年，例（17）標示自然景觀距離海平面的高度範圍，例（18）標示溫度範圍，例（19）標示時段，例（20）標示年齡階段。
- 以上五例都是用阿拉伯數字表示量值範圍，連接號形式多為 "浪紋線" 或 "一字線"。
- 例（18）用 "浪紋線" 連接號，可以避免跟後面負數值的書寫形式混淆。
- 例（17）至例（20）中連接號前的數值省略了附加符號或計量單位，參看下文應用須知第 1 項。

3 連接產品型號、文件編號及各類系統編碼裏英文字母、漢字和數字。

（21）這款 SLV-825 錄像機是日本新力公司的最新產品。

（22）波音公司的 DC-10 型客機曾發生多宗航空意外。

（23）D-60 是 60 分鐘錄音帶，D-90 是 90 分鐘錄音帶。

（24）《員工守則》（通 -17-02 號）已明文規定，員工在工場不得吸煙，違規者會被革職。

（25）這本書的國際書號是 ISBN 1-1234-5678-9。

（26）香港郵政署會為這批新郵品提供 "GPO-1 號郵戳" 即時蓋印服務。

（27）我的銀行戶口號碼是 004-1-00-2345。

補充說明

- 例（21）至（23）標示產品型號，例（24）標示文件編號，例（25）至例（27）標示各類系統編碼。
- 以上七例連接號形式多為 "短橫線"。

▨ 應用須知

1 恰當取捨連接號前一數值的附加符號或計量單位

《新國標》指出 "浪紋線連接號用於標示數值範圍時，在不引起歧義的情況下，前一數值附加符號或計量單位可省略"。以下三個句組中，句 a 保留浪紋線前數值的計量單位（日、元、克）；句 b 則省略，省略後不引起歧義。兩者都是恰當做法，一般較多選用句 b 形式：

（1）a. 會議日期是 9 月 10 日〜 14 日。✓
　　　b. 會議日期是 9 月 10 〜 14 日。✓

（2）a. 本店兼職員工時薪由 35 元～ 40 元，視應徵者經驗
　　　 而定。✓
　　 b. 本店兼職員工時薪由 35 ～ 40 元，視應徵者經驗而
　　　 定。✓

（3）a. 每 100 公升海水加入 5 克～ 10 克消毒粉，能清除水
　　　 中毒素。✓
　　 b. 每 100 公升海水加入 5 ～ 10 克消毒粉，能清除水中
　　　 毒素。✓

以下三例則須特別注意：

（4）a. 實驗室內十個細菌培養皿培養出的細菌數量由
　　　 9 ～ 16 億不等。？
　　 b. 實驗室內十個細菌培養皿培養出的細菌數量由 9
　　　 億～ 16 億不等。
　　 c. 實驗室內十個細菌培養皿培養出的細菌數量由 9
　　　 個～ 16 億（個）不等。

（5）a. 名店清貨大減價，所有貨品售價由 13 ～ 17 萬
　　　 元。？
　　 b. 名店清貨大減價，所有貨品售價由 13 萬～ 17 萬
　　　 元。
　　 c. 名店清貨大減價，所有貨品售價由 13 元～ 17 萬
　　　 元。

（6）a. 每 1000 名病者中，因這病致死的人數，可達
15～30%。？

b. 每 1000 名病者中，因這病致死的人數，可達
15%～30%。

c. 每 1000 名病者中，因這病致死的人數，可達 15
人～30%。

以上三個句組的句 a，其浪紋線前數值的附加符號或計量單
位不應刪去，否則容易引起歧義。句組（4）句 a 的 "9～16
億"，可理解為句 b 的 "9 億～16 億"，也可理解為句 c 的
"9～1,600,000,000"，即細菌數量由 "9 個～16 億個" 不等。
句組（5）句 a 的 "13～17 萬元"，可理解為句 b 的 "13 萬～17
萬元"，也可理解為句 c 的 "13 元～17 萬元"。句組（6）句 a
的 "15～30%"，可理解為句 b 的 "15%～30%"，或可理解為句
c 的 "15 人～30%"。因此，三個句組中的句 a 都不能清晰表
意，須按實際文意作修改。

以下節錄《中華人民共和國國家標準·出版物上數字用法》
第 5.1.3 節 "數值範圍" 供參照：

在表示數值的範圍時，可採用浪紋式連接號 "～" 或一字
線連接號 "—"。前後兩個數值的附加符號或計量單位相同時，
在不造成歧義的情況下，前一個數值的附加符號或計量單位可
省略。如果省略數值的附加符號或計量單位會造成歧義，則不
應省略。

示例：

$-36 \sim -8\degree C$

400—429 頁

100—150kg

12 500 ～ 20 000 元

9 億 ～ 16 億（不寫為 9 ～ 16 億）

13 萬元 ～ 17 萬元（不寫為 13 ～ 17 萬元）

15% ～ 30%（不寫為 15 ～ 30%）

⋯⋯（下略）

2　辨別長橫連接號與破折號

連接號四種形式中的長橫 "——" 跟破折號形式相同，容易引起混淆。日常應用時，須注意兩點：一、消極方面，應避免使用長橫連接號，儘量以其他形式連接號代替。其實日常必須用 "長橫" 的情況甚少。（"長橫" 只偶然用在大型告示上。例如 "香港——廣州"，以標明交通路線。這種用法可收醒目之效，又可避免跟 "一" 字混淆。）二、積極方面，應辨明連接號和破折號的不同作用。連接號的功能在 "連"，破折號的功能在 "破"，本質上差異極大。讀者只要稍一思考，不要單看形式，就應該可以分辨這個佔兩個字位置的 "——" 在句子裏是連接號還是破折號。內地《新國標》已廢除長橫連接號，上述問題已不復存在。

3　恰當選用連接號和連詞

在語言裏要表示連接意思，除了可以用連接號外，還可以用"和"、"至"等連詞。書面表達始終以文字為主，可以用連詞時，沒有必要使用連接號。換言之，不宜濫用連接號。試比較以下兩個句組：

（1）a. 訓練分兩期進行，每期約 6 ～ 8 個月。
　　　b. 訓練分兩期進行，每期約 6 至 8 個月。

（2）a. 我們把"少年"界定為 10 ～ 16 歲的階段。
　　　b. 我們把"少年"界定為 10 至 16 歲的階段。

上面兩個句組的句 a 和句 b 都是同義表達形式，可見部分連接號並不是非用不可的。

（八）間隔號

■ 定義

標號的一種，標示某些相關聯成分之間的分界。

■ 書寫規格

形　　式："·"。

佔用空間：一個漢字方塊。

位　　置：居於正中，不出現在一行之首及一行之末。

■ 功能

1　標示文獻或作品不同結構層次的分界。

（1）《史記·刺客列傳》記載了曹沫、專諸、豫讓、聶政
和荊軻五名刺客的事跡。

（2）辛棄疾《青玉案·元夕》云："……眾裏尋他千百
度，驀然回首，那人卻在，燈火闌珊處。"

（3）"窈窕淑女，君子好逑"這句名言出自《詩經·周
南·關雎》第一章。

（4）《香江日報・文藝版》今天刊出全港中學生徵文比賽得獎作品。

補充說明

- 例（1）標示書名與類目篇名的分界，例（2）標示詞牌和詞作名稱的分界，例（3）標示書名、類目和詩篇名稱的分界，例（4）標示報紙名稱和版面名稱的分界。

互參

- 前文： 一、 以書名號配合間隔號標示三層結構，見頁223-225書名號應用須知第6項。

　　　　二、 以書名號、引號和間隔號標示與文字媒體相關的內容，見頁230-239書名號應用須知第8項。

2　標示外國或少數民族人名中姓和名的分界。

（5）　大衛・高柏飛是名聞全球的魔術家。

（6）　美國前任總統比爾・克林頓的性醜聞曾鬧得滿城風雨。

（7）　愛新覺羅・溥儀是中國末代皇帝。

補充說明

- 這三例的間隔號用在音譯姓名中，例（5）和例（6）在間隔號前面的是名，在後面的是姓。例（7）在間隔號前面的是姓，在後面的是名。

3　標示簡寫的月和日之間的分隔。

（8）　1932 年 1 月 28 日，日本侵略上海租界，爆發了"一·二八事變"。

（9）　發生在 1935 年的"一二·九運動"，是一場抗日救國運動。

補充說明

· 間隔號只用於一月、十一月、十二月的簡寫之後。參看下文應用須知。

4　標示朝代與人名的分隔。

（10）圖書館新購書籍：

一、　北宋·李清照《漱玉集》；

二、　南宋·陸游《劍南詩稿》；

三、　元·王實甫《西廂記》；

四、　明·歸有光《震川集》；

五、　清·袁牧《隨園詩話》。

補充說明

· 間隔號多只用於例（10）一類分項條列情況。參看下文應用須知。

5　標示文章題目或書名中詞語的分隔。

（11）模仿·變化·創新

——藝術活動心理初探

（12）《人‧獸‧鬼》是錢鍾書一部名作。

補充說明

‧ 例（11）是獨立的文章標題，例（12）是引錄的書名。

■ 應用須知

1　月與日之間的間隔號

　　間隔號只用於會引起混淆的月份和日期之間，見上文例句。如果月份和日期之間不可能出現歧義，則不用間隔號分隔。試比較以下兩個句組：

（1）a. "九一八事變" 爆發於 1931 年。✔

　　　b. "九‧一八事變" 爆發於 1931 年。✘

（2）a. "五四運動" 是中國的新文化運動。✔

　　　b. "五‧四運動" 是中國的新文化運動。✘

2　朝代與人名之間的間隔號

　　朝代與人名之間的間隔號，多用於列寫書目或引用出處情況，已見上文。一般行文較少使用間隔號。試比較以下句組中的例句：

（1）a. 清‧段玉裁是文字學大家，他的代表作是《說文解字注》。

b. 清代段玉裁是文字學大家，他的代表作是《說文解字注》。

c. 清人段玉裁是文字學大家，他的代表作是《說文解字注》。

　　句 a 的表達形式不夠自然（並非不正確），因為間隔號打斷了語言節奏。較理想的表達形式是句 b 和句 c。讀者可以把三句朗讀一下，自行比較。

（九）着重號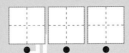

■ **定義**

標號的一種，標示語段中某些重要的或需要指明的文字。

■ **書寫規格**

形　　式："﹒"。

佔用空間：不佔漢字方塊空間。

位　　置：加在須着重的字詞句之下，一個着重號對應一
個字，可以隨字移行。

■ **功能**

1　標示須強調的字詞句。

（1）"衣"字作動詞用時，要唸去聲，讀成"意"音，例
如："解衣衣我"。

（2）"成功須苦幹"這話一點也不假。

（3）我再次聲明，我絕對沒有洩露公司機密。

（4）檢查機械故障前，必須關上電源，以免觸電。

（5）在法律面前，人人平等。

補充說明

· 例（1）和例（2）標示着重的單字（詞），例（3）標示
着重的詞，例（4）標示着重的短語，例（5）標示着重
的句子。

■ 應用須知

1　標示着重的其他形式

　　上述下加小圓點的着重號，無論書寫、排印和輸入電腦都
不方便。隨着電腦科技發展，現在要標示文句中須要着重的
字、詞、句時，已不一定要借助着重號了。例如：

（1）a. 檢查機械故障前，必須**關上電源**，以免觸電。（粗體
　　　　着重）

　　　b. 檢查機械故障前，必須*關上電源*，以免觸電。（斜體
　　　　着重）

　　　c. 檢查機械故障前，必須<u>關上電源</u>，以免觸電。（加底
　　　　線着重）

　　加底線方式一般也不會跟專名號相混，一來可以憑詞義區
分，二來專名號在現代中文裏已絕少運用了。

附錄一 其他標點符號簡表

名稱	形式	功能	應用舉例
1 隱諱號（又稱避諱號。）	×（佔一字位）	表示句子中故意隱去的文字。有時一個隱諱號代表隱去一個文字。有時以兩個隱諱號代表隱去某些文字，並不一一對應。	（1）被捕疑犯陳××，報稱銀行經理。 （2）試以《我和××有個約會》為題，作文一篇。
2 虛缺號（又稱空缺號）	□（佔一字位）	表示文章中遺失、缺漏了的文字或句子。一個虛缺號代表一個字。虛缺號常用於表示文獻中的闕文。	（1）［上殘］以秋芳，來日苦短，□□□□，□□□樂，蟋蟀在房。 ——《敦煌本〈昭明文選・陸士衡・短歌行〉》 （2）遺囑殘頁第三行寫道："把餘下□□送給慈善機□，不得□□。"
3 斜線號（又稱斜分號）	／（佔一字位）	用在兩個或以上並列的詞語或數字之間，標示各種關係： （1）整體關係，相當於"和"字。 （2）替換關係，相當於"或"字。 （3）單位關係，相當於"每"	（1）整體關係： 香港隊的許長國／胡兆康戰勝日本隊的伊藤丈／齊藤茂雄，奪得東亞運動會男子雙人保齡球賽冠軍。 （2）替換關係： 在這個電話亭打電話可以用輔幣／電話卡／信用卡繳費。 （3）單位關係：

名稱	形式	功能	應用舉例
		字。 （4）分數關係，前為分子，後為分母。 （5）年月日關係，日在前，月在中，年在後。 （6）分行關係，表示詩句的分行。	白菜5元／斤，菠菜8元／斤。 （4）分數關係： 調查顯示1／3青少年有吸煙習慣。 （5）年月日關係： 出發日期是18／12／2001。 （6）分行關係： 小時候／他收集蝴蝶和風箏／和春天其他的一些標本／但那些華麗的翅膀／而且脆弱／一吹就斷了 —— 余光中《收藏家》
4 注釋號 （1）星式 （星號） （2）數字式	＊ 1[1]① （佔一字位）	標示對文句的注釋	（1）香港水域的珊瑚新品種＊（文章標題） ＊這篇研究報告曾於亞太自然環境國際會議中發表。（文章頁尾注釋部分） （2）結廬在人境，①而無車馬喧。② ①結廬：造屋，這裏指隱居。 ②喧：聲音大；喧鬧。 注意：注釋號的書寫形式多樣化，尤以數字式的變化更多。

名稱	形式	功能	應用舉例
5 代替號 （又稱波 浪號）	～ （佔一字 位）	代替重複的字和詞。	（1）賀 hè ❶慶祝；慶賀： 祝～｜道～｜～喜｜～ 信｜～詞｜～電。 ——《現代漢語詞典》 （第 6 版） 注意：代替號和連接號中 的"浪紋"是兩個不同的 符號。
6 豎分號	｜ （佔一字 位）	表示詞或詞語的分 隔。	（1）見上"代替號"引 例。
7 比號	： （佔一字 位）	用在兩個或以上並 列數字之間，標示 前後的比數或比例。	（1）香港隊以 3：0 擊敗 南韓隊。 （2）這個箱子的長度、闊 度和高度的比例是 5：3：4。 注意：比號跟冒號不同。 比號居於漢字方塊的中 央，冒號則居左偏下。
8 省年號	' （佔半字 位）	省去年份的千位和 百位數字和"年" 字。	（1）'97 回歸是香港歷史 上的大事。 （2）中國在 '84 洛杉磯奧 運會中實現了"零的 突破"。
9 示亡號 （又稱黑 框號）	▢ （框圍姓 名）	標示在近期內去世 的人	（1）編輯委員會 主編：陳大文 編委：李大安　黃大 明　張大德 注意：示亡號只標示近期 去世者的姓名，去世已久 的，不再標明。

名稱	形式	功能	應用舉例
10 標識號	△ ▲ / ○ · （佔一字位）	標示分條例舉的項目。	（1）本期內容要目 　　· 紅茶與綠茶 　　· 景德鎮名瓷鑑賞 　　· 唐代的品茶詩 注意：標識號形狀不一，以黑圓點最常用。
11 趨向號 （又稱箭號）	→或← （佔一字位）	標示事物發展的趨勢和方向。	（1）傳統寫作的過程是： 　　起→承→轉→合。 （2）論述歷史事件，許多時都以起因→經過→結果→影響作為線索。

附錄二　豎排文稿標點符號的位置和書寫形式

錄自《中華人民共和國國家標準‧標點符號用法》（2012 年實施）

一、　句號、問號、嘆號、逗號、頓號、分號和冒號均置於相應文字之下偏右。

二、　破折號、省略號、連接號、間隔號和分隔號置於相應文字之下居中，上下方向排列。

三、　引號改用雙引號""﹃""﹄"和單引號"﹁""﹂"，括號改用"︵""︶"，標在相應項目的上下。

四、　豎排文稿中使用浪線式書名號"﹏﹏"，標在相應文字的左側。

五、　着重號標在相應文字的右側，專名號標在相應文字的左側。

六、　橫排文稿中關於某些標點不能居行首或行末的要求，同樣適用於豎排文稿。

附錄三　初版《自序》中無標點引文的標點本

　　"⋯⋯至於處理廢物方面,目前本港工商廢物的回收率有五成。家居廢物的回收率則只有一成,大有提高的餘地。推動這方面的發展,需要加強教育,加深公眾的認識。我們會儘快制定政策,推廣廢物回收,並藉此鼓勵回收行業發展,創造新的就業機會。廢物的回收再造,以及把不能回收的部分焚化或堆填,都涉及成本效益、土地需求和對環境的影響。我們要全面衡量以上因素才訂出總體策略。"

——二〇〇〇年行政長官《施政報告》

　　資料來源: 香港特別行政區政府資訊中心網頁: http://www.info.gov.hk/pa00/p7c.htm,二〇〇一年八月二十一日。

參考及引用文獻

國家語言文字工作委員會語言文字應用研究所《標點符號用法》課題組《中華人民共和國國家標準·標點符號用法》，北京：中國標準出版社，1996。

教育部國語推行委員會《重訂標點符號手冊》修訂版，臺北：教育部，2008。

中華人民共和國國家質量監督檢驗檢疫總局及中國國家標準化管理委員會《中華人民共和國國家標準·出版物上數字用法》，北京：中國標準出版社，2011。

中華人民共和國國家質量監督檢驗檢疫總局及中國國家標準化管理委員會《中華人民共和國國家標準·標點符號用法》，北京：中國標準出版社，2012。

劉玉琛《標點符號用法》，臺北：國語日報附設出版部，1978。

蘇培實《標點符號用法講話》，北京：原子能出版社，1990。

吳邦駒《最新標點符號用法》，北京：華藝出版社，1991。

袁暉《標點符號詞典》，太原：山西人民出版社，1994。

雷智勇《最新標點知識及運用》，北京：北京語言文化大學出版社，1998。

吳邦駒《標點符號的規範用法》，香港：三聯書店（香港）有限公司，1998。

楊權《出版物標點符號的規範用法》，廣州：廣東人民出版社，1999。

林穗芳《標點符號學習與應用》，北京：人民出版社，2000。

邵敬敏《標點符號要訣》，上海：漢語大詞典出版社，2000。

駱小所、張盛如、馮英《標點符號用法正誤辨析》，北京：北京工業大學出版社，2000。

譚敏《全方位標點符號入門》，台北：中經社，2003。

胡裕樹《現代漢語》（重訂本），上海：上海教育出版社，1981。

陳信春《單句複句劃界研究》，開封：河南大學出版社，1990。

全國外語院系《語法與修辭》編寫組《語法與修辭》（全新本），南寧：廣西教育出版社，1997。

黃伯榮，廖序東《現代漢語》（增訂二版），北京：高等教育出版社，1997。

趙恩芳，唐雪凝《現代漢語複句研究》，濟南：山東教育出版社，1998。

房玉清《實用漢語語法》（修訂本），北京：北京語言學院出版社，2001。

劉月華，潘文娛，故韡《實用現代漢語語法》（增訂本），北京：商務印書館，2001。

邵敬敏主編《現代漢語通論》（第二版），上海：上海教育出版社，2007。

司馬遷《史記》，北京：中華書局，1975 年版。

曹雪芹《紅樓夢》，北京：人民文學出版社，1982 年版。

老舍《老舍小說全集》（第 11 冊），武漢：長紅文藝出版社，1993。

舒新城等主編《辭海》，上海：中華書局，1947。

廣東、廣西、湖南、河南辭源修訂組，商務印書館編輯部編《辭源》（修訂本），北京：商務印書館，1979。

漢語大字典編輯委員會《漢語大字典》，武漢：湖北辭書出版社、四川辭書出版社，1986。

漢語大詞典編輯委員會、漢語大詞典編纂處《漢語大詞典》（海外版），香港：三聯書店（香港）有限公司、漢語大詞典出版社，1991。

中國社會科學院語言研究所詞典編輯室《現代漢語詞典》（繁體字版），香港：商務印書館（香港）有限公司，2001。

中國社會科學院語言研究所詞典編輯室《現代漢語詞典》（第 6 版），北京：商務印書館，2012。

香港語境
標點符號
應用手冊
（增訂版）

作者	何成邦
總編輯	葉海旋
助理編輯	黃秋婷
書籍設計	TakeEverythingEasy Design Studio

出版	花千樹出版有限公司
地址	九龍深水埗元州街 290-296 號 1104 室
電郵	info@arcadiapress.com.hk
網址	www.arcadiapress.com.hk

印刷	美雅印刷製本有限公司
初版	2002 年 1 月
增訂版	2018 年 9 月
ISBN	978-988-8484-00-3